LA VANA SPECULAZIONE DISINGANNATA DAL SENSO

Agostino Scilla

Texte et illustration de couverture : © domaine public
Edition : Culturea (Hérault, 34)
Contact : infos@culturea.fr
Retrouvez notre catalogue sur http://culturea.fr
Imprimé en Allemagne par Books on Demand
Design typographique : Derek Murphy
Layout : Reedsy (https://reedsy.com/)

Dépôt légal : janvier 2023

ISBN : 9791041842179

La vana speculazione
disingannata dal senso
Lettera risponsiva circa i Corpi Marini, che Petrificati si trovano in varij luoghi terrestri

di

AGOSTINO SCILLA

PITTORE, ACCADEMICO DELLA FUCINA, DETTO LO SCOLORITO,

DEDICATA ALL'ILLUSTRISSIMO SIGNOR D. CARLO GREGORI,

MARCHESE DI POGGIO GREGORIO, CAVALIERO DELLA STELLA

L'AUTORE A CHI LEGGE

Cortese lettore, so che devo passar teco alcune parole, già che vedo pubblicata la mia lettera; ma non seconderò lo stile d'alcuni che volentieri ne prendono l'occasione per iscaricarsi de' propri errori, addossandone lo Stampatore. Non ho saputo mai scorgere perché sia fatto costume, anche di persone goffissime, l'ingiuriare un galant'huomo, invece di ringraziarlo alla fine dell'opera che ha prestato, spacciandolo per trascurato, dormiglione ed ignorante; quando pure il commettere degli errori si è una faccenda cotanto facile per tutti gli huomini, che non se ne può immaginare un'altra, o di meno fatica o meno propria di chi scrive. Conchiuderò pertanto questa parte dicendo che se tu sarai huomo erudito, e pratico della buona ortografia, saprai certamente compatire me, e lo stampatore, correggendo gli errori forse d'entrambi; e se altramente sarai, sarà il tutto per te bello e buono, ed io non voglio aggiugnerti l'obbligo di cui scusarmi. Ad ogni maniera ti priego a considerare che questa lettera non è mica un trattato di materie rettoriche e di pulitezze, sì bene di cose naturali, ed ho più tosto voluto ubbidire alla naturalezza del mio parlare, che rompermi il capo in andar cercando se la tal parola si debba scrivere più in una che in un'altra maniera. Così come ho saputo, ho dettato, ed ogni volta che averò spiegato il mio concetto in maniera che fosse inteso da tutti con facilità, non mi curo d'altro. A dirla, non sono tanto cieco che pensi, come alcuni, che si persuadono avere scritto fiorentinissimo, per solamente aver posto insieme parole secondo le regole della Crusca; perché so che vi bisogna anche la frase, e questa è difficile molto ad uno che non sia nato in Toscana: è difficile, replico a dire, nascer fuori di quel paese, e scrivere con quella proprietà, e con quella pulitezza, con la quale uscirono ornatissimi i Saggi di Naturali Esperienze de' Sig. Accademici del Cimento, dedicati al Sereniss. Gran Duca, overo nella conformità con che ultimamente ha scritto il Sig. Francesco Redi la sua esattissima Storia de gl'Insetti. Mi resta dunque solamente l'obbligo di protestare la mia intenzione, qual'essa sia stata, nel magnificare con l'aggiunto di un grande, o altro, qualche Filosofo, e particolarmente Epicuro; perciocché non l'ho appreso, secondo il volgo lo diffama, per uno sciagurato crapulone, sì bene per uno de' più composti de gli antichi Filosofi, conforme il moralissimo Seneca, l'eruditissimo Gassendo e cent'altri gravissimi Letterati lo affermano. Siasi come si voglia, mi dichiaro, che le lodi, e l'estimazioni espresse, s'intendano fino a quel segno che i detti Autori ne sono capaci, e quanto è permesso a' discorsi di libere scienze. Sono Cattolico, ed il tutto sottopongo con vera e pronta rassegnazione alla censura de' miei superiori, mentre pretendo, con la grazia di Dio, vivere e morire sotto i dettami di Santa Chiesa Romana. Sta sano.

ELOGIACA OPERJS CENSURA,

QUA

FELICITATEM NOMINIS AUSPICATUR

AUTHORI

D. THOMAS FARDELLA

V. I. D. LITERARIUS MAMERTINAE OFFICINAE FABER,

AC IN ALMO MESSAN. GYMNASIO ORDINARIUS

ELOQUENTIAE PROFESSOR

Ne, laudum Tibi gratulatus aeternitatem, ingratus menti occurram tuae, librum Tibi gratulor, Sapientum mensam, Echinis, Ostreis, Conchhylijs extructam. Porrum sectile Sutor comedat, Conche, sua tumeat Faba: Sapienti Tu, mixto eruditi salis foedere Echinos, et Conchas sufficis argutas, ut habeat, quid, more maiorum, etiam philosophetur in conuiuijs. Quidquid enim rari Conchae concipiunt, unum hoc conchyliatum parit volumen. Oculatae mentis munimentum, aere perennius corinthiaco, multiplex sub uno ingenio, ingeniorum specimen. Operi sublimitatem addidit sedula Veritatis indagatio. Argumentaris iucunde, tonante blandiris sagitta, quippe et a fulmine serena commendatur dies. Dediscimus, fulgurante coelo, physemata, abortus in Conchis; ad tuae mentis fulgura, Concha non abortit, sed parit. Sic effatum experimur verius, Conchis esse maiorem coeli societatem, quam maris. Quae Tibi solertiae acies? e mari, e coelo magneticus trahis admirandam rerum metamorphosin, naturalem, non poeticam. Iure igitur has inter iconas vivax spiras procreantis icon Dei, dum deperditas rerum formas materiae restituis informi. Ferae illae, quas in alienum procurres exudantis maris evomuit aestus, in vitam revocatae sensilem, Te Deucalionem, sentiunt suum. Non Themidis, sed Palladis consilio, non lampidum duritie, sed rationum constantia demortuam suscitas speciem. Lapidei dentes ad originem redeunt suam: piscibus reddis dentes, dentibus pisces novus Cadmus: At, dum dentes facis aureos, cum corrigis saxeos, non ferrea, sed aurea dentibus his orietur gens, asseclem videlicet ingenui, qui tuam admirati foecunditatem, una tecum ad tuae gloriae capitolium novas edificabunt Thebas. Vertat Pythagoras humanas animas in feras, Tu feras humanas exhibes lapidositate expolians non sua. Hac transmigratione miraculum miraculo adijcitur: Saxae linguae hactenus creditae miracula, in propriam nunc transmigrant naturam: Te authore, quem fuerant rerum umbrae miraculorum opinione, erumpunt res sine miraculis. Orpheus Orpheo potentior, lapidum excantator, animator, lapideis dentibus saxeos opportune nectis Echinos. In Echinum coniecerit antiquitatis litium acta: Tu apertis Echinis philosophicam litem recludis, et claudis, ingeniosi composuoti. Si quid habet conviciator promat citò: Tu, Echinus non eris, qui in morosam nominis notam partum procrastines. Opus hoc ad unius Veritatis tutamen undequaque echinatum. Quid cynica strepat vox? Quando saxeae linguae, Memnones facta, solem loquuntur, quem vident patrem. Age philosophatus Conchyta, imple me Conchis, quas avide legisti, quas mihi profers legendas avidissime. Ibis in saecula, Mamertinum fuisse novae viae monstratorem, qui vivificae contemplationis halitu, inanimes fecerit animatas. Te duce, Concha non amplius curuli defertur Venus in Cyprum, at Minerva in Italiam, in Orbem: Scite pretiosa nunc Conchylia, ubi Tu temporis victor iure punis iniurias temporum obliviosas, non obliviscendus temporis observantia. Gaude itaque; Tibi tot erexisti simulacra, quot animasti saxa. Attollantur hae rupes in Veritatis trophoeum, effodiantur in falsitatis sepulchrum. Vela contraho. Vitavi Charybdim, tute sortitus SCILLAM. Interim dum volumen hoc in immortalitatis templo aureum, iconicum, inter sentientis vitae donaria philosophicam praeteritorum ostendit anastasim, Vive felix, Vive florens; e viris non erit ullus, qui ne capite Echinos amplectatur tuos degener migret in bovem, cuius venter, Echinus. Ita de tuo opere invisae Veritatis assertor iudicat, iurat: idemque iuratus censet, encomiasticam late resonare de Te industrio viro virorum censuram. Messanae in Museo nostro Kal. Iunijs MDCLXX.

PETRI HENRICI SICULI MAMERTINI
AD OPERIS DETRACTORES HAXASTICHON.

Aequoreos quos Scilla Canes, quos tractat Echinos
Maximus et calamo, maximus et graphio:
Vipereis caveas Livos temerare venenis:
Invidia aut rabidis morsibus oppetere;
Namque cades Livor Spinis confossus acutis,
Et lacera occumhes Dentibus Invidia.

SONETTO DEL SIG. DOTT. GIOVANNI DI NATALE
ACCADEMICO DELLA FUCINA, DETTO IL SICURO

Questi Echini, che in carte al vivo espone
Franca mano, alto ingegno, occhio esquisito,
Furo avanzi del Mar, quando del lito
Ruppe irato Nettun l'ampia prigione:
Questi denti, che sparge in dotto agone,
Sassee lingue non già, Cadmo erudito,
Onde la sua Minerva in volto ardito
Nasce, per terminar saggia tenzone;
Stimi lincea pupilla a la figura
Armi di algose belve, a cui nel pingue
Grembo ricetto dié la terra dura:
E chi per miglior senno il ver distingue,

Denti creda non sol, ma di Natura,

Che a lui detta i suoi arcani, argute lingue.

ALL'ILLUSTRISSIMO MIO SIGNORE,

E PADRONE COLENDISSIMO

IL SIGNOR D. CARLO GREGORI

MARCHESE Di POGGIO GREGORIO,

CAVALIERO DELLA STELLA

Illustrissimo Signore,

per dar segno a V. S. Illustrissima della mia obbedienza, le trasmetto la Lettera risponsiva da me fatta ad un Virtuoso intorno a' corpi petrificati che nell'isola di Malta, nelle colline di Messina ed in molti altri luoghi si trovano. Potrà ella render paga la curiosità che sì benignamente mi ha sempre mostrata, e nello stesso tempo ravviverà la mia perfetta rassegnazione a' suoi cenni, che mi hanno a ciò indotto. Non mi stenderò a spiegare la cagione che mi ha mosso a scrivere, posciaché V. S. Illustrissima è ben'informata di essa, che fu l'avere ricevuto un'inaspettata proposta la quale mi obbligò a lunga fatica, riuscitami nel vero di non poco impaccio per le molte tavole che fui costretto mettere in disegno, a fine di spiegare con chiarezza il mio concetto. In ciò fare protesto grandissima obbligazione a V. S. Illustriss. che mi ha alleviato dal travaglio col buon animo che mi ha dato, mostrandone soddisfazione e diletto; ed a tal segno, che la ricordanza d'un tal favore e la dimanda che mi ha fatto, giorni sono, di tutta la Lettera e de' suoi disegni, mi dà motivo di stimare che la sua umanissima passione nelle cose mie passerà più oltre che a servirsene privatamente; e per tale riguardo, nel copiare la detta Lettera ho taciuto il nome dell'Autore della proposta, scegliendo e trascrivendo sì bene i motivi tutti, che in essa potrei discernere come necessari fondamenti delle mie repliche, e per ciò alcune convenienze dovute alla buona amicizia che professo al medesimo Virtuoso, tutto che contrario di parere al mio. Certamente io conosco che il nominarlo mi obbligherebbe a non impugnarlo, e per altro parrebbe che l'avessi voluto condur vinto in trionfo, quando nel vero sono, e sarò, divotissimo ammiratore del di lui merito e della sua erudizione. Pure se non ho dato nell'umore al mio caro amico, non per questo non resterà in suo arbitrio pubblicarsi, ogni volta che gli tornerà conto, con una risposta alla mia, mettendo di fronte fedelmente la sua proposta, la quale, anche qui allegata, originale consegno per buon rispetto alla custodia di V. S. Illustriss. Anzi lo potrà fare con maggior pompa della sua grand'erudizione, perciocché sono andato impinguando la replica, che frettolosamente l'anno passato gl'inviai, con molti argomenti suggeritimi dall'osservazione delle cose nelle quali dopo per lo spazio di qualche mese mi sono incontrato. Gli s'aggiugne in oltre l'obbligo di patrocinare alcuni altri motivi che mi arrivarono da diversi luoghi, che io ho nella stessa lettera inseriti, a' quali ho risposto con quei termini con cui mi furono proposti. Ciò sia detto a fine che V. S. Illustriss. non si scandalizzi di me, se in qualche capitoletto mi osserverà risentito, poiché ho stimato mio debito mostrare varia estimazione de' Soggetti, secondo il vario carato del loro merito. Nel resto V. S. Illustriss. mi compatisca nel leggere: e si ricordi, che questa è composizione non già di uno che faccia professione di lettere, ma sì bene di un Pittore, il quale però pretende aver'occhio a proposito per giudicare le cose, che possiamo maneggiare con più soda verità di coloro che sono meri professori di cieche speculazioni. Per fine supplico la bontà Divina di conservare lungamente la persona di V. S. Illustriss. per onor della Patria, per aumento delle Lettere, e come nobilissima idea della più perfetta virtù, e della più incorrotta sincerità, mentre io umilmente la riverisco. Messina a 2 Giugno 1670.

Di V. S. Illustriss. mio Signore

Divotiss. ed obbligatiss. Servid.

AGOSTINO SCILLA

AL MOLT'ILL. ET ECCELENTISS.

mio Sign. e Padrone Osservandiss.

IL SIGNOR DOTTOR N. N.

Molt'Ill. et Eccelentiss. Signore

confesso ingenuamente non saper discernere se l'affetto del Sig. D. Paolo Boccone m'abbia questa volta favorito con acquistarmi un Padrone di sommo merito, o pure danneggiato col costituirmi sotto l'occhio di V. S. convinto d'inevitabile ignoranza. Io non lo so, replico a dire, perché il vantaggio di sperarne il beneficio di ottimi insegnamenti non è tanto sicuro, essendone io incapace e mal'atto; ma il danno di aver'a palesare la mia ottusità e (quel ch'è peggio) l'avere a scoprirmi presuntuoso, è certissimo. Con tutto ciò devo render grazie senza numero al Sig. D. Paolo, ed a V. S. confessarmi eternamente obbligato, stimando per altro che non vi sia numero di mortificazioni bastevoli ad ugguagliare un raggio di buona cognizione, non che gl'infiniti, che nella sua dottissima ed eruditissima Lettera lampeggiano. Essa invero apparisce rigata da una mano, la quale, senza adulazione, può essere predicata da chiunque egli sia per la Segretaria della Natura. O Dio! Sapessi così bene di essa comprendere gli arcani che vi ammiro, come so riverire ed ammirare i sentimenti e i lumi superiori a' più alti, non che al mio basso intendimento. Bensì di questo io non mi sento colpevole; perché la parte, che in ciò potrebbe costituire il peccato, non ha che fare con l'animo mio, il quale è tagliato a misura di quelli che bramano con vemenza abbandonare la sordida veste dell'ignoranza; che se poi la sorte mi ha determinato ad un'arte, che ha per proprio la mutolezza e l'obbligo solo di ragionare con gli atteggiamenti e farsi udire da gli occhi, non so come ripararci. Certamente me ne dolgo, e s'attrista la mia anima di un tale impedimento, ma confessandolo spero che farà per impegnare questa mia libera confessione la sua molta umanità al compatimento; perciocché osservandomi non per genio, che n'abbia, ma per distrazioni, che a milioni mi circondano, imperito e poco coltivato nelle belle e buone discipline, non isdegnerà di porgermi altro e più chiaro lume, per dissipare in parte la caligine della mia mente. Spero così, giaché per natural sua benignità, non prevenuta da altre preghiere, si è compiaciuta porgermi la sua man destra, assicurandomi del suo buon desiderio e dell'ansia, ch'ella naturalmente ha, di sollevare gl'indotti a qualche diritta strada, che al vero intendimento degli arcani più occulti conduce.

Veggo, però, che questo concetto di belle speranze si potrebbe intorbidare, anzi annichilare, con la privazione del supposto; e fondo questo mio dubbio con maggior timore, allora, che vado filosofando della vera cagione che l'abbia potuta indurre all'offerta graziosa del suo affetto, ed all'espressioni, con le quali si protesta inclinata ad amarmi. Io me ne accorgo con la guida dell'Oratore, il quale mi ricorda, che «Virtute nihil amabilius, nihilque, quod magis alliciat». E con non minor prestezza conchiudo che V. S. sarà per abbandonar la mia pratica come spiacevole, perché priva del creduto e supposto merito di virtù.

Ma che dico? Iddio tolga via un'augurio per me cotanto sinistro, e sumministri all'incontro un'altro motivo di obbligazione al suo nobilissimo spirito, cioè quello che debbono gli scienziati di comunicare a' semplici huomini buone e sode impressioni; onde per dare alla sua potentissima attività maggior campo di scarpellare la rozza pietra del mio intendimento, l'esporrò semplicemente e liberamente, qual'essa sia. La supplico intanto di credere che io farò nel progresso di questa molte repliche alla sua dottiss. Lettera, palesando alcune mie difficultà, non per pensiero che io mi abbia di questionare con un suo pari, ma per esiggere bensì dalla sua pazienza e dottrina molti e più nobili insegnamenti.

Io sono un'huomo di questo mondo, nudo di buone lettere, ed altro non istimo aver di buono salvo che il desiderio di non vivere a caso; e perciò mi son posto fitto nel cervello che il dubitare delle cose sia l'ottimo e l'unico mezzo per conoscerle almeno o con minor distanza o con più probabilità.

Confesso di più di non essere a segno tale innamorato della Filosofia speculativa, che stimi di non poter godere di questo mondo senza il suo mezzo; l'amo, e la desidero, più tosto come necessaria a tutti gli huomini, per non lasciarsi ingannare da gli altri che per altro; ho per vero che colui venga giudicato miglior filosofo che abbia saputo con più garbo esprimere i suoi concetti; e che quegli che men difettuoso abbia stabilito il sistema di quanto ha chimerizzato, più durevole abbia fondato la propria scuola.

Ne dubiterei d'affermare, che ciascheduno de' maestri sia stato ben certo dell'incertezza della opinione da se propagata; e stimerei goffaggine di spirito ricevere le opinioni loro, come se storie fossero delle vere cagioni, quando in verità altro non sono che capricci e belle maniere di spiegare quel che non possiamo in conto alcuno capire; e se qualche detto, o per meglio dire, qualche sistema ci rassembra probabile, egli ci parrà tale secondo la nostra estimazione, non perché in fatti così sia.

La bella si è, che il gran Democrito mi ha messo uno istravagante pensiero nel capo, per essersi stizzato contro la fante, che l'avvertì e gl'insegnò quel ch'egli s'era posto in animo rinvenire per mezzo delle sue altissime speculazioni; quindi io confermo il dubbio della mia mente, stimando che la professione de' filosofi sia stata lo spiare con ansia e lo andar cercando pascolo al bello spirito loro, cioè di far soggetta qualunque cosa, o a diritto o a torto, al loro ingegno; non di volerci insegnare pianamente la verità, anche allora che fosse loro stato possibile; quindi avviene che non ho vergogna della mia perplessità, e maggiormente m'acqueto, sempre che fo reflessione alle ipotesi della gran machina dell'Universo, fra le quali essendone stata una con tanta forza fondata da Tolomeo, che con sì chiare e preziose dimostrazioni distribuì le parti di esso, o stabili o raggirevoli; altri con non minor chiarezza di dimostrazioni ha crollato il tutto, ha discardinato la terra ed inchiodato il moto istesso a dispetto de gli occhi d'ogni vivente. Ne mancherebbono maniere all'umano ingegno, filosofando, di negare l'uno e l'altro sistema, e di predicarne molt'altri, ogni qual volta il pensiero d'innovare, non obbligo di rintracciare la verità, fosse lo scopo delle sue speculazioni.

Vaglia il vero chi si fiderà delle invenzioni degli huomini, avendo nella mente le più vere parole di Seneca, il quale compiange la miseria d'ogni mortale dicendo: "Inter caetera mortalitatis, et hoc est, caligo mentium; nec tantum necessitas errandi, sed errorum amor". S'egli è vero, non possiamo difenderci dall'occulto nemico che fa inevitabile breccia nel nostro spirito; è connaturale ad ogn'huomo appassionarsi alle cose proprie, a' proprij capricci.

Non può, a mio credere, aver riparato alcuno al prurito di farsi stimare ne' Licei intrinseco confidente della Natura, forzandosi di sostentare ostinatamente la pubbliccata opinione e la riputazione di essa, anche consapevole che l'armi impugnate fossero fabbricate nell'incessante fucina di Pallade, non dall'armeria impenetrabile d'Iside estratte.

Non mi vergogno, replico a dire, di confessare che lo spirito mio, affogato nelle stravaganze filosofiche, per non perdersi affatto ricorre al pensare, al credere che gli antichi filosofi non abbiano avuto certezza di verità nelle loro opinioni: onde mi pare, ch'eglino si sono contentati farci vedere in cambio di quella una fantasima variamente imbellettata: il che pure appagò in qualche maniera la curiosità de' semplici loro seguaci. Chi bene osserverà, potrà scorgere tutto ciò, posciaché se mireremo i gusti di coloro che l'hanno posto in iscena, conosceremo che niuno ha stimato far comparire l'opinione della propria scuola sul teatro di questo Mondo con la faccia istessa e con gli abiti medesimi che la ricevette dal suo maestro e predecessore. Potrei qui addurre, in testimonianza di ciò che dico, i filosofi stessi e tutti, ed esaminare la varietà e discordanza de' loro capricci, ma me ne astengo, perché sarebbe pazzia, ben avvertito da Quintiliano: "In rebus apertis argumentari tam sit stultum, quam in clarissimum Solem mortale lumen inferre".

Mi conosco spesso spesso cotanto intricato, che mi disanimo a segno tale che fo i miei conti e determino di crederne a tutti con la medesima rata; e rendo grazie alla sorte che mi disobbligò di vivere in tanti ingarbugli, costituendomi professore in un'arte soggetta non a tutti ma ad un sol senso.

Troppo invero sarei affannato se dovessi coltivare le lettere: perciocché co' Peripatetici sarei costretto a lusingarmi di sapere tutte le cose; e pure non sarebbe vero. Col gran Democrito direi più ragionevolmente qualche cosa per mezzo di quel suo gentilissimo lavorio degli atomi; ma con quale sicurezza? Egli confessa: "Causa quidem nihil novimus, nam Veritas in profundo est". Col pulito Platone non si praticherebbe la faccenda se non che sotto un'eterna ed indeterminata disputa; ma perché far tante parole? Non saprò, se io posso camminare e se ho moto, se darò orecchie a Zenone; e con gli altri peggio: e per ultimo, con una bella chitarriglia spagnola sarei costretto a cantar con Euripide: "Quis novit, an vivere hoc, sit mori; an emori hoc sit, quod vocamus vivere?". Egli è certo, che se mi fosse proibita l'osservazione e l'anatomia delle cose che veggiamo e maneggiamo; e fosse d'uopo secondar gli umori malinconici di coloro che si cavano gli occhi per darsi totalmente alla speculativa in astratto, confesserei la disperazione, e confusione dell'animo mio, e farei assolutamente l'appassionato del mio comprofessore Pirrone, ed ostinatamente affermarei con Empedocle: "Abstrusa esse omnia, nihil nos sentire, nihil cernere, nihil, quale sit, posse reperire". Ma così non avverrà: perciocché nella considerazione de' corpi naturali (ne' quali è possibile rinvenir qualche vestigio di verità) non vi sarà bisogno ricorrere alle caliginose astrazioni de' Metafisici. Pure, se la difficultà della materia che ho in animo di rintracciare farà ombra al mio senso, m'accorgerò che devo dubitare, e non mai risulterà dal mio così mi pare il difetto della stolida presunzione di quegli altri che con la guida di magre sofisticherie pronunziano il così è delle cose.

Dirò, per finirla, mezzo arrossito della mia trivialità, che desidererei che le cose, le quali soggiacciono al senso, si potessero con la sola sua determinazione stabilire; e vorrei anche che fosse dalla filosofia abbracciata qualche particella di storia; e che nelle cose che bisognose non sono di stirate speculazioni, non ci portassimo a volo con l'intelletto a' lontani e spaziosi campi del possibile, come sogliono alcuni ingegni nobilissimi di oggidì, che sdegnano la pura storia in tutte le faccende.

Così desidererei, e particolarmente nel caso nel quale io sono, cioè nella considerazione delle Glossopietre di Malta, intorno alle quali dirò con verità che la mente mia, non preoccupata da alcuna opinione, non indotta dall'autorità d'un qualche maestro, ma dal caso portata, credette ch'elleno fossero frantumi di vari animali impietrati. Distenderò qui appresso l'istoria, ed il progresso del come. Bensì non prometto a lei usare arte alcuna nel dire, ne penserò a distribuire le parti che ad un discorso pulito si converrebbono, ma così alla rinfusa spiegherò al miglior modo che saprò quel che mi sovverrà, acciocché la sua cortesia possa dopo gentilmente scusare i miei errori, almeno sotto la formalità ch'io non mi sia arditamente indotto all'opinione cennata senz'averne fatto prima alcune diligenze; che se poi mi sono ingannato, ella è colpa d'ogn'huomo.

Essendo per cammino nella bassa Calabria, poche miglia sopra la città di Reggio, nella via che conduce ad una terra, per nome Musorrima, mi si fe incontro alla veduta un monte ben considerabile di chiocciole e conche striate e simili altri gusci non per anche impietrati. Parvemi un gran fatto, e volli osservare i luoghi d'intorno e non vi riconobbi segnale alcuno di dette chiocciole. Non potea finire di guardarle e di cavarne; parendomi assai ch'elleno si siano potute conservare per tanto e sì grande spazio di tempo e massimamente lungi e rialzate dal livello del mare, per più di sei miglia di cammino nell'asprissimo di quelle montagne. Curioso dimandai a quei paesani del loro sentimento, i quali francamente risposero essere le dette conchiglie fin dal tempo del diluvio là trasportate dal mare. Compatij in me stesso quella semplice gente ed osservai sì fatta credulità, veggendo che alla buona e con ogni tranquillità d'animo attribuiva l'effetto di quelle cose, delle quali non sapeva il principio, ad una cagione che supera ogni ricordanza umana. Pur'alla fine m'avvidi che "Plus sapit vulgus, quia tantum, quantum opus est, sapit", di qualunque filosofo: onde si deve far molta stima delle determinazioni semplici e naturali, essendo il Vero faccenda cotanto facile a capirsi, che niente più. E se alle volte non apparisce tale, egli è senza dubbio difetto della nostra ostinazione, che lo rende difficile.

Inquieto intanto di mente e maravigliato di quel che vidi, feci ritorno in Messina, e qui con l'occasione di passar l'ozio continuando a leggere qualche libro per interesse del mio genio privato, che tutto è posto nelle medaglie antiche, m'abbattei in un luogo di Strabone che finì d'incuriosirmi. Egli, per conto di filosofare della vera cagione delle insolite e subite inondazioni dal mare, viene anche a portare qualche istoria per mente d'altri, cioè che tremila stadi lungi dal mare "Frequentibus in locis concharum, et ostreorum, et cheramidum magna cernatur multitudo, et salsi lacus sunt circa templum Ammonis, et viam, qua itur ad illud, trium millium stadiorum esse dicuntur (...). Prope ipsum etiam maritimarum fragmenta navium ostentari, quae hiantibus terris scaturivisse tradunt super columellas incubare delphinas, hanc inscriptionem habentes Cyrenensium spectatorum. Haec affatus Stratonis physici commendat opinionem, et Xanthi Lydi (...) eumq; ipsum multis in locis à maris longinquius vidisse lapidibus inhaerentes conchulas, pectines, et testarum formas, salsumque lacum in Armenijs, et in Mattienis, et in inferiore Phrigia, quas ob causas persuasum habere campos illos mare aliquandi fuisse" . Ricevei l'istoria, non già la conseguenza, stimandola piena di molti e considerabili equivoci; perciocché possono essere reliquie d'animali di laghi dolci e salsi per qualche accidente rasciugati, e possono essere trasportate dal mare con subite inondazioni (a noi non tramandate ed oscure) ed ivi lasciate. Può anche ritrovarsi sotterra lungi dal mare un frammento di navilio, ma può ben essere d'un qualche portato in trionfo, o fabbricato a terra ad uso di giuochi navali, come peculiarmente si costumava in Roma, nella quale si son veduti molti rostri di navi; e non per questo si può tirare conseguenza che quel suolo fosse stato in alcun tempo signoreggiato da Nettuno, e cent'altre simili convenienze.

Ritorniamo. L'addotto luogo di Strabone mi fe sovvenire che nella nostra Sicilia in moltissimi luoghi, e precisamente nelle colline di Messina, per lo più si cavano sassi dalle cave delle pietre che altro non sono che un conglutinamento di conchiglie e di rene fragate e straniere, con infiniti altri corpi similmente di mare.

Credei il tutto veri gusci d'animali marini, ne fu concesso al mio discorso dubitarne: tanto più che Cardano, non mica un'huomo goffo, parlando delle conchiglie dopo di riferire un luogo di Pausania, è d'opinione che facilmente ciò possa accadere: "Nam conchilyorum testae, cum diuturnae sint inter lapides, ac sub terra, multis in locis lapidescunt, forma retentia, substantia vero mutata". Averei però desiderato non tocco ma disputato il perché in alcuni luoghi si petrifichino, ed in altri no, i detti gusci; che in quanto alla possibilità di conglutinarsi in molti luoghi, ed anche insassirsi, la sperienza me ne fe certo, avendone sotto l'occhio una continua testimonianza. Ella è, che nel braccio del Porto di Messina verso di quelle parti che riguardano così il Levante, come anche il Gregale, manifestamente s'osserva che si cavano ruote da mulino e sono per certo un composto di varij sassolini variamente colorati, appunto come suol essere la rena del mare, della quale si compongono. Accade che il luogo istesso da cui s'è cavata qualche ruota, riempiuto di nuovo di sciolte pietruzze, torna tra poco spazio di tempo ad esporsi tutto ammassato, restando ben'abbracciata qualunque conchiglia o turbinetto che vi s'abbatté di mezzo. Sarei perciò altrettanto pazzo con evidenza se volessi credere che ivi nati fossero quei gusci, come senza dubbio d'equivoco veggo de gli stessi per tutta la riviera vomitati dal mare, che patiranno il medesimo carcere quando che loro toccherà.

Da ciò compresi, come diceva, non solamente la facilità con che possono osservarsi chiocciole nelle pietre, ma anche il come si compongano e s'ammassino (di varie qualità però, secondo le varie disposizioni de gli accidenti e de' luoghi) i sassi. Esclusi affatto l'altra opinione, come bisognosa di molta fede, perché povera di prove, non potendo a suo favore da alcuno farsi dimostrazione o testimonianza, se non per debolissime conghietture. Io intendo della opinione di coloro portata nella eruditissima Lettera di Lei, che vogliono che le pietre tutte, o almeno le miniere metalliche crescano. Veramente lo credo, ma non già perché elle divincolano dalle viscere propagini di sassoso minerale, ma per conglutinamento cagionato per mezzo d'un sale o sudore o afflato o calore o fermento (ch'io non lo so) di quel tale luogo, che lega quel limo in sasso e lo converte nella propria disposizione e natura.

Certamente poco farebbe credere che la Natura aumentasse da sé le miniere, perciocché qualche ingegno ha saputo così ben'esprimere il concetto suo, che rende scusabili gl'inciampi altrui; ma non già di coloro, che in eccesso superstiziosi delle parole d'Aristotile, non s'arrosiscono d'assegnare anche la vegetabilità nelle miche di metallo, seminate a guisa di frumento, non per altra ragione se non perché lo scrive quello nel 40. e 45. del suo libro delle cose Ammirande. "Sed vereor", scrive l'eruditissimo Maiolo , ed io non ne dubito ma infallibilmente stimo "haec fabulosa esse; nam illo libro etiam hoc minus verisimile continetur Cap. 41. In Cypro, inquit, iuxta Tirrhiam nuncupatam aes fieri, quod in parva frusta dissecantes seminant, atque imbribus factis augetur, et exit, posteaque colligitur. Haec ille. Ego, si ita est, ad Dei miraculum traho". Pur risolve bene. "Sed hoc nostro Italico Caelo huiusmodi fabulosa esse credentur: imbribus enim metalla sata augeri ridiculum ubique putatur". E per quel che intorno a ciò che ho letto, ch'è stato pochissimo, ho compreso che le miniere si sogliono spesso perdere affatto, perché, come scrive Giorgio Agricola nel suo trattato dell'Arte de' metalli, elle hanno i loro capi e le code. In tutte le miniere però, egli è vero, che da cavatori con ogni diligenza si procurano le vene principali della miniera perché più pingue di metallo, il quale in un certo modo si ramifica nella terra e nelle viscere de' sassi serpeggiando s'insinua. Il che ci mostra ch'ella è disposizione particolare di un tal luogo, per dove la virtù intrinseca, quasi radice, converte e distende secondo il suo verso le vene del metallo. Se ciò non fosse per appunto così, non sarebbe necessario aspettare nell'apportata isola dell'Elba lo spazio di vent'anni per ricavarne il minerale dalle stesse cave ch'esauste rimangono per essere stato colto il frutto, o forse incomode riescono per la molta profondità. Per tutto ciò non mi par d'abbracciare l'opinione di coloro i quali vogliono che le cave da sé si riempiano di fresco e vegetante metallo nell'assegnato spazio di tempo; perché a qualunque maniera eglino la discorrano, è forza concedere o che il terreno cresca insieme col minerale o che questo vegeti con una pura vena della grandezza uguale allo spazio dell'assegnata cava; il che non è vero; e se vero fosse, si potrebbe abbandonare al doppio del solito tempo, cioè per anni quaranta, alcuna di quelle cave, dalla quale (se pure il minerale, a guisa del nitro trasudando, si coagolasse e necessità d'altro corpo non avesse) doverebbe venir fuori di puro metallo, e al doppio di misura del luogo riempiuto in vent'anni; il che certamente sarebbe maravigliosa comodità; conciosiaché quel che si cerca con tante fatiche o fuori strisciato per le campagne s'averebbe o in aria alzato a stravaganti ma preziose piramidi si goderebbe. Chi non sa che dalla stessa miniera si cava la materia più e meno pura, per cagione della più e meno perfezione delle vene, overo per più e meno mescolanza di terra laterale alle vene del minerale? E da ciò chi non iscuopre, che le cave pretese riempiute non furono mai d'alcuna crescenza intrinseca, ma di materia là concorsa ed aggiunta? Perciocché, se dalla parte intrinseca sgorgasse la materia, doverebbe formare e riempiere tutto lo spazio restato vacuo di minerale e non mescolato di sassi e terra, materia inutile o poco fruttuosa, perché non per anche convertita e superata dall'effluvio agente del luogo. Dirò dunque d'aver stimato molto ragionevolmente con coloro che affermano il tutto farsi per addizione di parti e con maggior facilità in quei luoghi che vi concorre la qualità del terreno, come appunto si è quello dell'Elba, ch'è di natura non dissimile alla calamita ed in conseguenza dispostissimo a maturarsi, impregnato d'un tal fermento che il ferro compone. A così stimare indotto mi sono per due osservazioni; una che persuade secondo quel, che ho detto; l'altra affatto nega ciò che altri pretende.

La prima si è, che co' propri occhi ho considerato nelle cave dell'alume masse grandissime di tufi infettati di quell'acqua forte, o altro che si sia, le quali evidentemente mostrano ch'elle si ridurranno alla pura qualità aluminosa per conversione; perciocché ben esaminata la qualità e composizione di quelle, le ho riconosciuto dove più e dove meno maturate, e tanto in più grado immature quanto più distano laterali dal centro che diciamo miniera, dalla quale avendo tolto un tufo di competente mole ed osservatolo con accuratezza, ho compreso esser'egli un aggregato di pietre di figura e grossezza e fortezza varie, impastate con terraccio che mostra esser'egli una uguale composizione a tutto il rimanente della vicina campagna. Si scuopre però che il tufo principia a ricever l'essere di detto mezzo minerale corrompendo le proprie parti;

perciocché evidentemente si conosce che quell'umore che trasuda dalla miniera, arrivato a' sassi del detto tufo s'introduce in quelli, e li calcina e li corrompe per quella strada che più facile gli permette il verso del sasso, cioè a linee, segregandoli a fette, e dopo d'averli quasi lamine ridotti o sgranati, lo stesso sale fermentandosi supera ogni lor parte; e questo con tanta più puntualità ho scorto messo in pratica, quanto in durezza e grossezza si è di qualità e quantità maggiore il sasso che vien tocco da quell'umore attivo. Nelle piccole pietruzze non ho potuto osservare l'istesso; e sia o perché non faccia molto contrasto a quell'acqua forte la picciolezza del corpo, o che per la picciolezza ci viene negata in quei corpicciuoli la medesima soddisfazione. Pure, a mio credere, devono supporsi per la medesima strada ridotti in sostanza aluminosa. Siasi come si voglia, non vi è dubbio che riempiute di nuovo le cave della materia indifferente di quel terreno, in breve tutto sarà convertito in sostanze d'alume, perché non dura molta fatica, ne straccherà giammai d'operare secondo la sua natura e prorprietà l'effluvio operante di quel tal luogo. Così per appunto avviene nelle miniere del sale nelle montagne di Ragalmuto, terra dell'isola di Sicilia, che riempiute quelle cave ad arte da' paesani del disciolto e vicin terraccio, lo stesso in poco spazio di tempo rassodato e purificato, non si distinguerà in lucidezza dal cavato poco avanti; per la qual cosa sono persuaso a credere che la stessa maniera d'operare tenga nel multiplicare i minerali più forti, cioè i metalli, la Natura, la quale, se bene considereremo, è abile ed inclinata a produrre infinite cose, usando spesso il medesimo stile.

Aggiungasi a tutto ciò l'altra osservazione promessa, che s'oppone per diritto all'opinione di coloro, che vogliono vegetante il corpo del minerale. "In collibus", scrive il Fazello , "huic orae imminentibus non longe a Nisa" ch'è una terra vicina alla città di Messina, "miniera est auro, et argento nobilis: ubi specus, et caveae in rupibus excisae adhuc visuntur, in quibus veteres auri, et argenti fodinas exercebant. Effoditur quoque in eisdem collibus alumen, ferrum, et porphyreticus lapis, alumen tamen in maiori copia". Io co' proprij occhi ho veduto i luoghi, che intatti con le officine antiche si conservano, e particolarmente le cave, donde il ferro s'esiggeva da gli operarij non molto tempo fa, cioè non più d'anni quaranta addietro, che pur s'abbandonarono per la penuria de' boschi nelle vicine campagne; i quali luoghi, per essere situati in maniera che vengono difesi a non riempirli, mostrano belli e freschi i colpi delle mazze. Non è cresciuta né crescerà la miniera in eterno, se altro corpo straniero non riempirà quello spazio e riceverà la qualità del luogo. Certo è che si potrebbono anche quelle miniere d'oro e d'argento metter'in pratica a' giorni nostri, perché non vi bisognerebbe altro se non che pratici operarij, se la gelosia de' padroni delle Baronie che dubitano di perdere il tutto, non impedisse i curiosi; e la scarsezza del legname non dissuadesse a molti, con l'esempio del fallimento d'altri, la fabbrica del ferro, che pure per qualche tempo sumministrò molti attratti a' bisogni delle armate del nostro Cattolico Re Signore. Confesso di non avere per questo pensato di sapere la verità della faccenda; perciocché non mi riesce tanto facil cosa il credere, che un corpo possa penetrare o trasmutarsi in un'altro affatto diverso; pure non mi sembra del tutto sproposito il pensare, che nella Natura vi sia una tale attività che possa essere agente in un tal corpo, quasi a guisa del fuoco che calcina i sassi, riducendo quelli in una materia salsuginosa, mordente e leggiera; overo per qualch'altra strada, turbando nell'incontro e disordinando le figure di quei minimi che il corpo compongono; overo per un'altra tale proprietà, che raccolga a se o insieme le particelle che sono in quel corpo disperse, e così ci mostri unito tutto quello che alla propria sostanza e composizione di parti è conforme; o in altre sì fatte maniere ch'io non saprei immaginarmele e che per disbrigarmi dico conversione. Ed in vero, posto che s'abbia da credere che in quella parte di miniera vi debba concorrere una tanta e sì grande attività, perché non sarà meno difettuoso il giudicare che l'aggiunto di fuori si convertisse in sasso o in minerale, per virtù delle interne evaporazioni o altro che nel preteso luogo concorrono, che il contrario? Almeno ci appagheremmo con qualch'evidenza d'esempio e così non ci resterebbe di speculare, se non che per qual strada ciò si faccia e di qual fatta sia la virtù che comunica le qualità, e l'altra che fa l'uficio di colla, ed unisce insieme le sciolte particelle di terra, ed affatto si leverà la briga d'animar le montagne con un'anima, almeno a quella degli alberi conforme. Passò oltre la mia curiosità, e cercando in alcuno de' miei libri che potessere di ciò discorrere, vennemi in acconcio di leggere Pietro Gio Fabbri, e presi diletto non ordinario di quanto egli scrive, particolarmente dell'acque maravigliose d'un Borgo di Chiaramonte in Alvernia. Ammirai come pacificamente l'origine d'ogni sasso determina e come con una brieve ricetta colorisce ed indurisce diversamente qualunque masso di pietra, alterando una poca dose di sale di zolfo o di mercurio. Ella meglio di me l'averà osservato, ch'io confesso di non aver saputo leggere un sì bravo Autore. A dire però il vero con libertà, non so come possa acquetarmi co' Chimici, i quali sogliono supporre molti principij e vogliono che si creda loro graziosamente, ancorché dell'imbecillità del sapere umano e della difficultà delle cose dubitar non si debba. Il caso portò tra tanto, che discorrendo con alquanti amici della varietà delle opinioni che intorno a ciò s'agitano, mi fu affermato essere al dì d'oggi spalleggiata da bravi huomini l'opinione della vegetabilità delle pietre e della produzione di varij corpi, simili a quei del mare, di puro sasso nelle rocche.

Ma ricordandomi che Strabone, e gli altri filosofi dallo stesso nominati, si diedero a filosofare del come poté il mare deporre in qualche tempo quei riscontri della sua terribilissima peregrinazione, e tanto fra terra; non già se le conchiglie e simili altri corpi fossero spoglie d'animali marini overo pietre assolutamente configurate, prodotte dalla Natura nelle campagne e ne' monti, quasi che fosse per loro da non litigare, essendo manifestissimo al senso; risolsi di credere e difendere quel che l'occhio insegnato m'aveva. Pure parvemi leggiadra la spezie fitta nel cervello di coloro, che "Haec referunt, aut ad Mundi animam, aut universe ad Naturam, quae cum eadem ubique sit, et rerum omnium, quas ubique contineat, lapides efformat ex succo idoneo in medys continentibus referenteis externa specie conchas, et pisceis, quas procreare eadem solet in medio, ac dissito mari" . Ma non da seguirsi, parendomi un'opinione negata da infinite evidenze e che sia impossibile che non fosse stata sferzata da molti Autori. Non m'ingannai, perciocché fermandomi nel volerne sapere il sentimento di qualche grave Scrittore, mi venne fatto nello strapazzar qualche libro. M'incontrai in Francesco Calceolario, che sopra della materia giudiciosamente discorre, e parvemi alla prima d'avere dalla mia uno Scrittore di soda autorità, anzi autorevolissimo, perché accompagnato dal famoso tra' letterati Fracastoro, che "Se dicebat existimare haec", cioè i corpi pietrificati de' quali discorriamo, "olim vera animantia fuisse, illuc iactata à mari, et in mari enata" . Di non dissimile parere riconobbi l'eruditissimo Simone Maiolo. "Quod vero" egli scrive "intra lapides, saxave comperiantur conchilia, animantiumque ossa, non adeo admirandum putarim; quandoquidem ex diluvio generali, aut etiam alio casu defossa illa ossa terrae visceribus diuturnitate temporis concreta, solidataque humo ipsa ibi servata sunt. Reperiuntur huiusmodi in pago Zichen apud traiectum ad Mosam, ut tradit Giorgius Bruin, in Traiecto ad Mosam" . L'istesso vien confermato dal virtuoso candidissimo Ludovico Moscardo, il quale dopo di portare in disegno molti animali pietrificati osserva "varie spezie di pesci, come Orada, Anguille ed altri, li quali sono induriti in una sorte di pietra sfogliosa, che aprendosi quelli sfogli, il pesce sempre resta la metà ad una parte e l'altra metà attaccata all'altra, dove a questo modo restando sfesso il pesce, per lo mezzo sì veggono" (si noti) "tutte le spine dalla testa fino alla coda" . Io non la finirei mai più, se trascriver volessi i luoghi de gli Autori che a mio modo l'intesero. Ella pigli da sé il fastidio di leggere Pietro Maffeo, Paolo Orosio, Cesalpino, Kircherio, Poterio, Fabio Colonna, Imperato, Alessandro d'Alessandro e tant'altri Scrittori , ch'io piglierò la licenza d'aggiungere alcune parole di Melchiore Guilandino , che rapporta il parere di Plutarco e d'Olimpiadoro. "Scribit quoque Plutarchus in Iside, et Osiride, et consensit Olimpiadorus ad primum metheororum, Aegyptum mare fuisse; quandoquidem multa adhuc in fodinis, multa in montibus habere conchilia invenitur". A dirla, stimai di sentire con la verità e co' Sapienti nel punto istesso che dissentiva dalla vana opinione d'alcuni. "Qui totam soli reputant mangiasse Minervam" . Per ragione che quando altri a favor mio scritto non avesse, bastata mi sarebbe l'autorità del dottissimo, ed eruditissimo Gassendo. Egli, dopo d'esporre e d'esaminare le varie opinioni, benché niega che il mare si fosse portato tanto fra terra, conchiude: "Cum vero persaepe contingat, ut aut terrae motu, aut alia ratione lacunae istae per rimas effluant, vel quae confluebant in illas Aquae, alio deriventur; fieri proinde potest, ut pisces, et conchae in sicco remaneant, et succus lapidescens eo confluat, qui declarata ratione combibitus facere ex ijs lapides, priore forma retenta, possit. Notum est autem posse deinceps huiusmodi lapides, aut fodiendo reperiri, aut torrentibus latera montium excedentibus detegi, aut terrae motu crustari, aut aliqua denique ratione prodire" . Leggendo però i sopradetti Autori, osservai posto in campo uno più ragionevole problema, cioè, se le conchiglie, echini, pesci, etc. con ogn'altro corpo simile che fra terra veggiamo, fossero stati ributtati dal mare, overo li dobbiamo stimare ne' luoghi stessi in cui si scorgono, generati in un qualche fiume o lago overo ridotto d'acque sotteraneo? Ancorché curiosissimo egli sia, non fa al mio proposito principale; né mi ostinerò a concorrerere più all'una che all'altra opinione, benché sappia che nel progresso di questa Lettera ella comprenderà più sicuro il partito di quei che hanno stimato il tutto essere stato ributtato dal mare, che quel de gli altri. Per ora basta a me che tutti concorrano a determinare gli oggetti della nostra disquisizione essere stati veri animali, non già scherzi di Natura generati semplicemente di sostanza sassea.

Devo soggiugnere che molto prima d'arrivarmi l'umanissima tua Lettera, aveva procurato di leggere qualche Autore antico e moderno che fosse per avventura difensore dell'opinione che non mi parea di seguire come impossibile, per informarmi de' loro argomenti ed anche per conoscere con più certezza il carato di quelli. In ciò fare, feci a me stesso violenza acciocché non v'entrassi appassionato e preoccupato. Giunsi a dubitare de gli occhi proprij e del parere di tanti illustriss. Letterati, accorgendomi con l'esempio d'altri che spesso non solamente dalla autorità ma dall'esperienza e da' nostri stessi sensi possiamo restare ingannati ogni qual volta la mente nostra è prevenuta ed occupata da un qualche principio supposto ed in noi determinato, il che per lo più della volte suol'essere l'unico e grandissimo impedimento per accostarci ad abbracciare il vero. Avvertito di tutto ciò, andai cercando, come dissi, la scaturiggine della sopraddotta scuola appo gli antichi filosofanti; né mi fu difficile d'accorgermi che anche in quell'alta antichità fosse stato creduto animale il Mondo; ma con curioso piacere mi certificai della loro confusione; perciocché nel decider'eglino chi fosse il mastro di casa (o dir la vogliamo, con esso loro, l'anima) della gran machina della terra che tanti e sì mirabili effetti distribuisce per l'Universo, altro di certo non adducono salvo che l'ignoranza de gli huomini. Dalla loro discordia imparai almeno la necessità di dubitare de' loro capricci; e così risolsi coltivare nell'animo mio l'ignoranza di prima e di non farci altro. Ciò tanto con maggior quiete quanto ch'era ben certo che l'erudito Guilandino , portato in una Epistola, che va in istampa, come partigiano dell'opinione che non mi piacea, o prova malamente il suo argomento overo intese il contrario di quella di chi se ne valse. Conciosiaché si conoscerà a favor mio anzi per tutti infruttuosa la sua autorità; e se gli altri che difendono l'istesso, miglior modo non hanno di provarlo, si perde il tempo nel leggerli. Egli principalmente si fatica a mostrare che nelle viscere della terra, e quasi in luoghi ove pare che non giungano gli aliti della respirazione, possano nascere e generarsi animali: ed in prova di ciò ha stimato che basti l'addurre qualche storia. Ma non so perché si è valsuto delle parole d'Alessandro e di Plutarco, che l'uno e l'altro è lontanissimo da un tal senso. Scrive Alessandro: "In memoria mihi est lapidem duri marmoris, non unius coloris vidisse in montibus Calabris" ei si maraviglia "longo a mari recessu, in quo multiplices conchas maris" si noti "congestas, et simul concretas cum ipso marmore in unum corpus coaluisse videres: quas quidem osseas, non lapideas esse, et quales in littoralibus vadis inspicimus, facile erat cernere". Parla di corpi forestieri impastati e conglutinati nel sasso, non com'egli desidera generati nel marmo. Ed il gran Plutarco, dalla veduta d'altri corpi simili ne' campi dell'Egitto osservati, argomenta, come poco sopra si è detto: "Aegyptum olim mare fuisse". Che non vuol dire quel che pretende il Guilandino favorisce sì bene la mia causa. Passa quindi l'istesso Autore ad impugnare e burlarsi d'Orosio: "Sed et Paulus Orosius diluvij, quod Nohae tempore effusum fuit, argumenta illa esse prodidit, quod locis quibusdam montes longè ad aquis dissiti, et conchis, et ostreis adhuc scatere visuntur. Verum parum illustria haec sunt illuvionis signa." Ecco il perché. "Constat enim, conchas, et ostrea, non solum in mari, sed etiam in montibus, et terrae visceribus, pro loci natura, inter calculos gigni, et si lacus, aquaeve copiosiores absint, quid?" Molto, risponderà colui che sarà informato de' luoghi ch'egli riferisce, trascrivendo Ateneo; perciocché non saranno totalmente asciutti, come il Guilandino l'ha creduto, e non si parlerà d'animali simili a quelli dalla veduta de' quali si persuase Orosio a stimarli necessariamente generati nel mare. Ella non si rincresca di ripassarli in Ateneo e di dar'anche un'occhiata al suo commentatore Casaubono, ottimo letterato ma non di Cattolica erudizione, che al certo comprenderà che i detti animali nacquero nell'acque; e quelli che alcuni dicono fossili ebbero anche il principio nell'acque, ma dopo, per cagione di pascolo insinuati nel limo, overo per essere di natura doppia a somiglianza delle rane, e simili, che in secco e nell'acque vivono: non mai però ella leggerà de' fossili pesci, che siano alle Orate, Pescispada, Canicole e Lamie conformi; sì bene pesci buoni al gusto, che non conchiude istessità, ed in conseguenza non siamo obbligati a farne conto, essendo possibile che la Natura abbia generato pesci ne' laghi o altra umidità d'una tal particolare spezie, che possano dimorare anche nell'asciutta rena; ma ciò molto lontano da' nostri paesi.

Siansi pure, come il Guilandino l'ha inghiottito; basta a me che si parli d'animali perfetti, non di generazione di sassi configurati a similitudine de gli animali del mare, ch'è quel particolare sopra del quale continuai la diligenza per riceverne qualche soddisfazione di mente. Invero credei d'essermici incontrato abbattendomi in Osvaldo Crollio, ch'è uno de' famosi Scrittori che questa benedetta virtù generante cose simili per tutto ed in tutti i luoghi, credono, predicano, ed insegnano. Ma, o Dio, io riconobbi, ch'egli vide nella piante quel disegno che altri non potrà giammai vedere, se pure ha occhi. Sono Pittore, e giuro da pover'huomo che si comporrebbe un'orrendissima figura se si formassero le membra di essa corrispondenti a quell'erbe, o altro, che il Crollio conformi alle parti d'un huomo descrive. Ma se ciò senza dubbio apporterebbe spavento, darà in suo luogo buon motivo di ridire un suo periodetto al nono numero segnato del capo: "de Genitalium signat": egli è questo. "Utriusque sexus genitalium signaturam habent uvarum acini", bella conchiusione per Dio. "Ideo veteres non fine causa dixerunt, fine Baccho frigere Venerem". E pure l'intero adagio dovea avvertirlo a parlare con più senno; perciocché "sine Cerere, et Baccho friget Venerem" corrisponde necessariamente alle parole di Crate filosofo: "Amorem sedat fames".

Camminano per me di pari passo l'altre signature, e ne farò poco conto e lascerò ad altri l'arbitrio di crederne ciò che vogliono, concedendo loro che la Palla marina e 1'Ermodattilo, il Fallo, il Boratmets somiglino più alla castagna che ad un graspo d'uva, più alla mano che al nostro ginocchio, più al Dio de gli orti Priapo che al petto umano, e per finirla più ad un agnello che ad un serpe; ma non già che siano istessisimi nel disegno, che sarebbe il tutto da mostrare per persuadermi, che da un conforme principio, che da un medesimo seme o da una sola virtù formatrice fossero prodotti.

Compresi evidentemente, che chi siegue una sì fatta strada di filosofare, s'affanna per allontanarsi dalla conoscenza del vero. Sono leggerezze; ed ella meglio di me lo conosce. Per ultimo, io non averei per cosa difficile, ogni volta che si volesse chimerizzare, d'assegnar anche nella Natura qualche semi che avessero potuto produrre nel suolo Romano il famosissimo, ed antichissimo a gli stessi antichi, ed oscuro d'origine, monte Testaccio, il quale di vasi rotti è composto; e similmente si potrebbe con prontezza dare soddisfazione e togliere la maraviglia appresa per quell'accidente da Teofane e da Vincenzio riferito, registrato dall'erudito Maiolo. Egli è, che per accidente di tremuoto conquassato, e rotto il terreno da una profondissima voragine "Prodijsse autem inde tradunt Mulum incolumen" perché forse alcuni minimi d'Asino, e Cavalla accozzatisi insieme nelle viscere della terra lo generarono, e potrebbon'anche generarne de gli altri, e con altre comodità darli fuori sani e salvi, di buona complessione, insellati ed imbrigliati, se pur bisogna. Questo per burla. Ma da senno, ebbi in animo (se il camminare fosse sicuro su le pedate dimostrateci dalle suddette opinioni) di provare l'Indigeni delle Provincie da Diodoro Siciliano Istorico cennati. Ma egli in ciò si porta da Poeta, ed io ho genio di contentarmi di qualunque minima cosa, purché sia verità. Fitte perciò conservai nell'Idea le cose vedute ed osservate, le quali con evidente dimostrazione condannano per sofistica ogn'altra opinione che s'abbia di esse, fuorché siano scorze, o dir vogliamo gusci d'animali marini, ammucchiati affettatamente nella Calabria ed ammassati in sasso (sotto l'occhio d'ogni curioso) nella spiaggia del Porto di Messina e nelle sue colline. Stimai di non commettere peccato di presunzione non rimettermi alle stravaganze ed opinioni d'alcuni pochissimi, avendo dalla mia il Gran Giustiniano, il quale determina (se pure non avessi autorità di gravissimi Scrittori) che "plus valet, quod in veritate est, quam quod in opinione".

S'adorni d'opinioni (tra me stesso conchiusi) cotanto bizzarre chi ha pensiero di far credere al Mondo ch'egli sia di fatta superiore a gli altri huomini, ch'io, benché ignorante e Pittore, veggo naturalissimo il ritratto d'ogni antico filosofo nella figura miserabile di Fetonte, il quale osò con mano d'huomo trattare le redine proporzionate al potere ed attività del Padre Iddio. Ebbi nell'animo (per passare oltre più disbrigato nella confessione de' miei errori) che la maggiore filosofia fosse quella che conosce la gran disparità che vi è tra quel che pensano gli huomini a quel ch'abbia saputo operare la Natura circa il principio delle cose; e solo stimai sapiente quell'huomo che sia arrivato a conoscere la propria ignoranza: perché la vera ignoranza senza dubbio è quella che permette lo immaginarci de gli spropositi ed ostinarci allora, quando alla natura non piace d'aprirci il seno e farci con evidenza capaci delle sue operazioni.

Conchiudiamola; ebbi per certo che fossimo provveduti d'intelletto, per potere con umiltà ammirare la possanza del Creatore e per conoscere e discorrere che non sia lecito andare avanti le mete d'una cognizione misurata col palmo, che la qualità de' nostri sensi ci permette non già per impazzire fino ad un tale segno, che alle volte sdegnassimo sentire, che il nostro si è un sapere limitato, ed una speculazione cieca e difettuosa. Confessiamolo, o Dio, "Latent omnia crassis occultata, et circumfusa tenebris, ut nulla acies humani ingenij tanta fit, quae penetrare in Caelum, terram intrare possit".

Tanto è; restai contento di conoscere quel che vedeva e rassettai da parte gli Autori che sperimentati aveva di genio aereo, e con essi diedi l'a Dio alla semplice speculativa per sempre; ma con che pro? Procurai passare un poco di tempo con più verità per via de gli Storici e ne restai maggiormente imbrogliato; perché qual confusione tra di loro non s'osserva di tempi, di generazioni, d'individui, di pareri? La passione, la malizia e la iniquità, non già la rettitudine, ha guidato le loro penne. Gli equivoci e la credulità girano per tutto; ed ogn'uno ha procurato di magnificare la propria nazione, occultando i proprij difetti e le glorie de' forestieri. Ben m'avvidi, che chi crede di potere piena, e compitamente scrivere e leggere, verità nelle storie, dà chiaro ed evidente segno del suo poco spirito e della sua molta semplicità. Però leggo qualche Autore dubitando e non presto fede alla buona, ne anche a quelli che farebbono per me nelle coserelle che scrivo per passare l'ozio.

Sono di questo umore; e quindi avvenne lo scandalo che a V. S. ho dato con quella confidente Lettera diretta al comune nostro amico. Imperciocché, avendo veduto casualmente uno scatolino di varie Glossopietre cavate dalle miniere di Malta, e risvegliatomisi il prurito d'averne qualche quantità, o per confermarmi in quel che credeva di esse o con più comoda osservazione d'altre cose andar vedendo di poter abbracciare l'opinione di coloro che stimavano il contrario. Benché, a dirla, un pezzetto di sasso, veduto nelle dette Glossopietre, che conteneva un dente di Canicola ed una mezza conchiglia con altre vertebre di pesci, i quali anche mostravano d'essere mancanti delle spine laterali; m'avea fatto dare nella risoluzione di non credere che vi siano cervelli d'una tal fatta, che non contenti o non capaci (per meglio dire) de' veri e grandissimi miracoli della Natura, quasi ch'ella ne fosse povera o non potesse occuparli nelle ragionevoli speculazioni, procurino maniere terribili, repugnanti, nuove e contrarie ad ogni senso per segnalarli.

Scrissi, come ho detto, al virtuoso S. D. Paolo Boccone tumultuariamente, al mio solito, acciocché mi prestasse il suo favore nel procurami alcune linguette meschiate con altre e varie delle cose che si cavano dalle miniere di Malta; ed egli apparecchiommi un fulmine che inaspettato mi giunse. Tale riconosco la Lettera di V.S., la quale seco conduce splendore, attività e terribilissimo suono. Ella invero operò in me gli effetti della saetta, divorò e risolse in un nulla ciò che racchiudeva di pensieri; ma perch'è proprio del fuoco celeste lasciare intatta la superficie delle cose possedute, avviene che anche in me sia rimasta un'effigie esteriore di quel ch'era prima, come pur ora mi conoscerà.

Non attribuisca tutto questo a difetto dell'animo mio, quasi che soverchiamente sospettoso; perché ella me ne ha dato la parte sua di cagione; e che sia vero. Noi veggiamo non accettati nelle ruote de' Tribunali l'Opere legali d'un Alciato, d'un Cuiaccio, e d'altri tali eruditissimi Dottori per ragione che si deve dubitare dell'arte d'huomini cotanto ingegnosi e di sottilissimo spirito; perché può facilmente essere pervertita la pura verità dal loro sapere. E di qual fatta (io dico) mi deve insospettire la sua Lettera? Si può forse osservare la più ornata, la più artificiosa, la più vemente? Io non lo credo. Però mi risolvo di spogliarla dalle molte e sottilissime e bellissime amplificazioni, e considerare solamente i verij e dottissimi motivi di essa e le prove gagliardissime. Se v'averò, per colpa della mia poca capacità, qualche difficultà, si compiaccia ch'io l'esponga liberamente, e dopo mi porga il suo aiuto ed un medicamento più proprio all'umor malinconico di che patisco, se tale le parerà.

Farò prima alcune ragionevoli petizioni, acciocché possa poi senza interrompimento spiegare il mio pensiero, qual'egli sia, incominciando da questa, cioè. Dimando che V. S. non s'adiri con chi stima formata l'isola di Malta dopo la creazione del Mondo, e con chi crede le Glossopietre di essa frantumi d'animali, quasi contro a persone che desiderino diminuito il credito di codesto suolo, mettendo in dubbio l'antichità e la proprietà creduta dell'Isola; perché io mi protesto di non avere tal pensiero, anzi al contrario per ragione, che stimandola composta dopo molte altre, secondo il Padre Kircherio, o altri, la riconosco per una delle più perfette Isole, anzi la perfettissima dell'Universo. E se bene osserveremo il progetto di un Dipintore e d'uno Scultore, ci accorgeremo che da prima eglino vanno abbozzando il tutto e che gl'ultimi saranno i più vaghi e più accertati colpi; e se questo è vero, considerando le operazioni del Grande Artefice Creatore che colorì perfettamente per mezzo della vaga luce questo Mondo, che lo scolpì maravigliosamente con l'onnipotente sua destra, dobbiamo ammirare cotest'Isola come uno de' colpi più riserbati al potere d'Iddio, intento ad abbellire d'un vivace e spiccante lume la parte nobilissima del gran corpo di questa Terra. È ella forse adulazione? L'isola di Malta non è delle più famose, anzi la gloriosissima del Mondo tutto? Non è ella l'onore della Cristianità, lo scudo fortissimo della Fede, il Tempio del Cattolico Marte? Tal fu preveduta dall'Onnipotente, tale la riconosce ogn'uno, tal'essa siede fastosa nel Mediterraneo. Che se poi altri la crede un mucchio di denti, e di varie altre cose, le farà ingiuria? Non già perché la somma providenza del Fattore lasciò operare al caso non discordante dal suo volere, al quale concordarono pure gli accidenti che petrificarono quelle ossa, forse per indicarci, che il tempo distruggitore non intaccherebbe con il suo dente l'invitta Malta, la quale maravigliosamente dentata (mostro bellissimo) riposerà per mille secoli vagheggiata da gli amici e temuta dal rabbioso ed invido cane Ottomano. Così discorro nel mio cuore: e dimando d'esser creduto, e che insieme mi sia conceduto di potere ragionare con libertà.

Vorrei secondariamente che gli accidenti che sono possibili, e che di più hanno dalla loro parte molti Storici Sacri e gentili, fossero ricevuti, cioè le molte particolari e subite inondazioni (alla generale so, che tutti ci crediamo) ancorché penda in lite s'elleno accadero per isboccamento dell'Oceano, o per afflati di sorto mare, o per altra cagione che si vogliano gli Autori; tanto più che il negarle sarebbe faccenda non appoggiata con altrettanta ragione, ma solo capriccio; e conceduto, come dimando, vorrei farmi lecito d'affermare quel ch'è possibilissimo ad ogni discorso umano; che con l'acque avessero corso varie ed infinite mescolanze di cose, che fossero state or qua or là dall'impeto di quelle trasportate.

Terzo vorrei che l'occhio nostro avesse più forza nel decidere le cose che lo patiscono che la speculativa, come strumento non tanto facile a commettere de gli errori; e che la filosofia stesse un pochetto cheta, quando si discorre per mostrare, non per ispeculare: mi spiegherò. Ella nella sua dottissima Lettera pretende "Che se alcuno con tutto ciò voglia pertinacemente contendere che questi nostri sassi figurati non possino avere simili forme d'animali, chiocciole, ossa, denti etc. che per essere stati altre volte quello che oggi rappresentano, rendami prima ragione, secondo questo suo principio, delle varie, ed ammirabili figure che si veggono in alcuni animali e piante, o dipinte solamente o formate a rilievo. Che sarà la mezza Luna negra sì ben disegnata su la spalla destra della pantera? E le note di musica su quelle spezie di conchiglie marine, che perciò chiamano volgarmente musicali?" E però dimando che possa discorrere della opinione che ho intorno alle Glossopietre di Malta, cioè che siano frantumi di varij animali, non per ricompensa dell'indovinare da qual cielo torbido sia cascata su la spalla destra della pantera quella mezza Luna negra, ch'essa porta impressa così bene; ne da qual Maestro di Cappella siano state vergate le note su la scorza della musicale conchiglia; perché mi pare di poter parlare d'una cosa che veggiamo senza l'obbligo di speculare ed indovinare dell'altre, che non fanno al caso e che superano l'umano giudicio. Io dirò con franchezza, ogni volta che vederò una pelle istessisima ad un'altra vestita da qualche vivo animale, che sia stata un tempo d'una bestia di quella spezie. Ma volendomi tenuto necessariamente di sapere perché la pantera sulla spalla destra, e non su la testa, porti dipinta la mezza Luna, risponderò assolutamente ch'io non lo so, e che forse altri non lo saprà.

Quarto. Dimando che discorriamo delle cose che solamente ho veduto e che possiamo unitamente vedere; perché l'aver goduto ed osservato molte galanterie nelle gioie o pietre della Natura dipinte in molte Gallerie, e sentendone poi le relazioni, o per dir meglio l'esaggerazioni, m'è rimasto un giusto motivo di non fidarmi delle parole di chi che sia. Dico in verità, che le cose rinomate che ho veduto non m'hanno fatto spezie alcuna che potesse persuadermi a stimarle puntuali più di quello che noi ci contentiamo di raffigurarle; appunto come veggiamo in un muro rustico ed antico, nel quale (e nelle nuvole ancora) possiamo determinare figure umane, animali varij e cose infinite; ma sarebbe pazzia così l'affermarle perfetti disegni delle cose che rappresentano, come anche l'averle per impressioni ivi insinuate per altre simili cose, essendo elleno realmente faccende ed operazioni del caso, favorite dalla nostra determinazione, la quale più ad una che ad un'altra cosa le rassomiglia. Non ho veduto (ancorché, come dissi, ne abbia osservato infinite) alcuna gioia ad un tal segno puntuale, che di essa si possa dubitare che sia fattura dell'arte, secondo l'intenzione del Cardano. Dicasi egli quel che si vuole, della sua agata rappresentante Galba l'Imperadore, che io non lo credo.

Dirò sì bene, che può essere accaduta in quella pietra qualche macchia che più ad un volto umano, che ad un'albero, si rassomigliasse; ma che sia stata delineata con tanta aggiustatezza ch'esprimesse Galba? Oibò.

Parli il graziosissimo Cicerone che per una consimile favola scrive: "Fingebat Carneades in Chiorum lapidicinis saxo diffisso caput extitisse Panisci. Credo aliquam non dissimilem figuram, sed certe non talem, ut eam factam a Scopa diceres: sic enim se profecto res habet, ut numquam perfecte veritatem casus imitetur" . Sono apprensioni d'huomini di natura ammirativa e deboli in quella parte che deve esaminare e distinguere l'essere degli oggetti; la qual cosa non accade ad un'erudito e giudiciosissimo Simone Maiolo; perciocché egli, a racconti somigliantemente miracolosi, scrive: "Mihi tamen est persuasum prorsus arte carvisse tot imagines: nam Achatem scio referre formas animantium, hominum quoque, ac rerum reliquarum omnium, sed non exacte redduntur" . E siegue a dire in particolare dell'anello del Re Pirro, rappresentante il monte Parnasso con tutti gli stovigli: "Propterea maximam artificis partem accessisse existimandum est, qui alibi minuens, alibi augens, quae spectanda essent, eximie elaborarit". Molto tempo è, che nel leggerlo credei quasi l'istesso, e forse sarà così che questa favola avesse l'origine da un qualche equivoco; perciocché stimo facile che la fama della preziosissima agata di quel famoso Re riguardasse all'Arte, non già alla natura; e che fosse celebre per essere il segno maggiore di perfezione scolpita, quasi sigillo, non dipinta; ma che in processo di tempo qualche Scrittore non capace del merito dell'Arte avesse aggiunto del suo, che fosse stata dalla Natura pennelleggiata; e per ultimo il bravo Cardano, che alle volte si rampica a' roveti, cercò e scrisse come ciò fosse potuto accadere in quel suo tomo de Subtilitate, nel quale spesso spesso merita che gli fosse ricordato che "Chi troppo s'assottiglia, si scavezza". Quindi avviene ch'io desidero avere nella mani uno di quei Regoli delle miniere di Sassonia, ch'ella m'offerisce per prova che la terra generi anche huomini di sasso; perché vorrei osservare se la Natura avesse coronato con corona Imp. o Reale, o all'antica o alla moderna, quei Monarchi di sasso, con cent'altre faccende anche in contrario, cioè se forse quelli si potessero avere per veri huomini impietrati; se le apprese corone fosser'oranamenti usati da gli antichi, conceduti ad alcuni, ad altri no; e purgare l'argomento di lei che non potessero essere veri huomini insassiti perché se ne veggono molti coronati, essendo incompatibile, com'ella asserisce, il numero di tanti Re, e colti insieme in luogo, et cetera. Abbandoniamoli dunque, e voltiamoci alle Glossopietre di Malta, che possiamo maneggiare, osservare e di esse discorrere.

Quinto. Desidererei che non fossero determinate le maniere tenute dalla Natura nel petrificare le cose; perciocché essa averà migliaia di strade da fare i fatti suoi, che noi non le sappiamo; tanto più che non possiamo sufficientemente provare che in tale operazione vi bisognino fonti di Natura petrificanti, per insassirle com'ella par che voglia; bastando una qualche umidità o un sale o una tale disposizione del terreno che abbia l'attività di farlo. E se ci vogliamo rimettere a Gio Daniele Maggiore, che diffusamente nel suo trattatino de Serpentibus petrefactis parla della petrificazione delle cose, potremmo credere che nella Natura vi sia un certo sale volatile, che altri dice spirito lapidifico, che indurisce e rende quasi di puro sasso tutti i corpi ne quali egli si introduce. Il che fu prima pensato e tenuto dal Peireschi, uomo d'ingegno e d'idea nobilissima, e tale che meritò la fatica del gran Gassendo, che la sua Vita come un modello di ben filosofare ci espose. Ella potrà con suo comodo ripassarne il luogo da me notato, ma non riceverà molta soddisfazione in alcuno de' capi sopra de' quali discorriamo; perché egli è opposto totalmente a tutto ciò ch'ella pretende . Questo sia detto per lasciar correre liberamente quel piccolo fonte di Malta, senz'addossargli l'obbligo di far tante durezze.

Sesto. Vorrei per conceduto che le cose che noi non sappiamo e che non abbiamo veduto siano con verità in numero infinitamente maggiore dell'altre che sappiamo e che abbiamo veduto. E per ultimo mi dichiaro alla sua cortesia obbligatissimo per avermi inviato quelle galanterie impietrate di costest'Isola, le quali sono state abbracciate a me e ricevute come vivi e favorevoli testimoni di quel che andava prima pensando, avendo reso il mio dubitare più ragionevole; come al fine di questa forse dimostrerò.

Or vengo a' motivi che possono impedire l'opinione d'alcuni e mia, cioè che le Glossopietre di Malta, o altro, siano frantumi di varij animali; ma prima leverò di mezzo le conchiglie dell'Imperato, chiamate Bugardie, e tutti gli altri turbini, i quali non sono degni di considerazione, per essere mere conglutinazioni di limo ne' gusci che servirono di forma a queste che veggiamo; e così non possono indurci a considerare come abbiano potuto (ella scrive) racchiudere l'animale dentro; perciocché, come ho detto, sono figura dello spazio stesso nel quale l'animale viveva, e non conchiglie o turbini; e posto che possa essersi assodato il racchiuso limo e disfatta la vera conchiglia, non sarà gran fatto vederle nell'umida e tenera creta; perché questa può aver corrotto la scorza di fuori e non danneggiato un sasso ben sodo di quella fatta, che veggiamo essere quei ch'ella chiama Bugardie e turbini.

Ne mi fermerà medesimamente l'apportata considerazione della quantità che suppone essersi cavata di Glossopietre dall'Isola, per essere questo luogo un tratto rettorico più tosto che un'argomento da far colpo; essendo ben certo che non faranno caso le molte scatoline di dette robbe, comparate e considerate con le cave e miniere di un'Isola di sessanta miglia di giro, com'è cotesta di Malta; quando non può recare maraviglia ne può fondare argomento alcuno, simile al preteso, il soprannominato monte Testaccio di Roma, il quale non gira maggiore spazio d'un terzo di miglio e non s'osserva diminuito, ancorché tutte le fabbriche d'una Città vastissima, com'è Roma, egli abbia sumministrato, e sumministri buona e considerabile quantità di se stesso; e ciò si deve considerare da un tempo altissimo in qua e per l'avvenire, se pur bisogna. Più a dentro si scontrerà ella in cose di maggior soddisfazione ch'io, per non replicarle, per ora le taccio.

Così parimente farò passaggio dell'argomento addotto circa l'osservazione della mancanza che vi è in cotesto mare di quegli animali de' quali si pretende che siano frantumi i gusci, o altro, che in cotest'Isola si cavano; perché possiamo avere un'esempio atto a chiarirci sotto l'occhio, cioè l'osservare che nella spiaggia di Catania ad ogni ordinario temporale di Scilocco o Levante, overo d'entrambi, si può raccogliere quantità, per caricarne barche, di conchiglie vagamente colorate e striate; e pure non se ne pesca di quella sorte in quel mare, e rare volte ne giunge una con l'animale vivo dentro o legate insieme le due mezze concghiglie. Accidente continuo che ci assicura, ch'elle siano immondizie di suolo marino, ma forestiero.

Ne deve trattenerci la considerazione fatta circa l'inegualità delle figure di dette Glossopietre; perché giammai l'ho preteso denti di Lamie assolutamente, com'ella scrive, ma di varij e varij animali copiosissimi di denti. Oltre che, se ben considereremo la dentatura di un qualunque animale, scorgeremo che in un'istessa bocca tutti i denti in qualche maniera sono varij l'uno dall'altro, di modo che se alcuno gettasse la forma ad un dente, non potrebbe perfettamente incassare un altro dente che occupasse il cavo dell'altro, benché della medesima bocca. Ed avvegnaché mi riesca di molto impaccio, voglio soddisfarla, mostrandole alcuni pochi denti (a) , acciocché ella comprenda (considerando il restante e grandissimo numero ch'io ne tralascio) la molta e molta varietà di denti che vi sono nella bocca d'una spezie di Canicola, da noi volgarmente detta Colombina, overo Vacca, e d'una ordinaria Canicola; e dalla differenza che vi scorgerà, credo che sarà per argomentare la dissomiglianza che di necessità concorre ne gli altri d'animali varij, in spezie non solamente ma in quelli della stessa spezie; perciocché molto alterati nel disegno sono, per certo, i denti delle Canicole e Lamie avanzate in grandezza di corpo de gli altri più piccole. Ciò corrisponde a qualunque delle cose naturali, come per esempio accade nel visaggio umano; perciocché tutti siamo d'una spezie, ma affatto variamo nell'aria del volto e delle membra; anzi con l'età ci differenziamo da noi medesimi. Lo stesso dico de gli animali, e de' frutti ancora, che colti fossero da un'istesso albero; anzi lo pretendo in un sol graspo d'uva, assicurato dall'esperienza; perciocché bisognandomi alle volte dipignerne, sono stato costretto a fare un particolar ritratto ad ogni granello. E che maraviglia farà, se nel dentame di varij pesci si vegga differenza? Sono corpi naturali e cresciuti secondo la parte d'umore comunicata, o in quantità overo in qualità varia, e con infiniti accidenti ancora. Dirò di più, che chi è pratico delle medaglie antiche deve anche sapere la grandissima difficultà di trovare due medaglie, non più d'un istesso Imperadore, d'un medesimo rovescio, e d'un medesimo tempo, che siano state coniate da un'istesso conio; e pure si deve stimare che più d'una, anzi moltissime, se ne fossero coniate da un sol conio.

Ne meno può turbarmi la reflessione fatta del vedersi in cotest'Isola solamente i denti sciolti, e non qualche volta anche uno scheletro intero o una mascella con tutti i denti incassati o pure un'osso; perciocché la Natura, buona maestra in tutto quel che opera, formò l'ossature de' pesci in minor consistenza dell'altre de' gli animali di terra, per alleggerire loro il peso, dovendo andar'a galla e nuotare; ed in conseguenza dovettero facilmente essere l'ossa spugnose e non simili alla natura petrea de' denti. Se questo non basta, basterà il vedere anche nelle sepolture in processo di tempo disfatte l'ossa umane; ma non dosfatti i denti, che conferma l'istesso; onde ne conchiudo la debole ragione di poter determinare e far credere la pretesa opinione. Dirò di più, che il sale, o altro che sia, di cotesto terreno non l'ha perdonata a' durissimi denti, avendone in mio potere alcuni mezzo calcinati; oltre che si veggono ossa infinite ben conservate, di quelle però che in fortezza hanno il secondo luogo nell'ossa de gli animali; il che evidentemente mostra essersi l'altre disfatte perché spugnose e deboli; come in fatti se ne scorgono in quei tufi infinite calcinate e corrotte; e questo sia detto in generale. Che se dopo ella desidera d'abbattersi ad una mascella di Lamia, overo di Canicola e simili, petrificata co' denti a quella incassati; dirò con libertà che il suo desiderio è sopra di quanto ha operato il Creatore nella fabbrica e costituzione di detti animali; perciocché simili spezie di pesci non hanno i denti fortificati nelle ossa mascellari, come gli altri, ma divisamente schierati fuori dell'osso, come pur'ora ne farò sentire a V. S. quel che ne ho diligentemente osservato. Le Lamie e le Canicole, e cento altre di sì fatta composizione di bocca, numerosissime sono di denti, a segno tale che per me è molto difficile, per non dire impossibile, determinarne un numero prefisso, avendone osservato meno quantità nelle più piccole, maggiore e maggior numero nelle più grosse, ed in tutte infiniti ricoperti d'una membranaccia che li racchiude in un certo ridotto dell'osso mascellare verso la parte anteriore. De' detti denti, parte sono tenerissimi, quasi di carne; parte alquanto più sodi, che ad una qualità nervea rassomigliare si possono; molti mezzi induriti nella punta; altri di scorza ben consistente, umorosi e teneri nel di dentro, in guisa tale che nel volerli cavare resterà la nuda scorza e figura del dente; ed in gran numero il resto di durissima sostanza, e più forti e terribili quanto più vengono fuori l'ho ravvisato. Di maniera che da questa sorte di bestie, oltre di quelli che a prima occhiata si mirano, si conserva, per così dire, un magazzino di denti che, a mio credere, con la vita di esse vengono fuori a schierarsi, aggiugnendo terribilità col numero maggiore nelle fiere bocce delle medesime. L'ossa mascellari sono elle intere, ne dalla radice de' denti sono intaccate; perciocché i denti sono disposti e seminati sopra d'una membrana nella quale sono fitte le radici e sopra della quale hanno gli stessi un moto atto a strappare a guisa di cardo, o dir lo vogliamo pettine da stracciare le lane. Egli è dunque per ragione della composizione delle parti dell'animale, il non vedersi una mascella di Lamia, e simili, con tutti i denti, essendo pur vero che la membrana dovette cedere e corrompersi in un tanto progresso di tempo nell'umido loto, che poi si costipò in sasso. Conseguentemente se ci abbatteremo in Glossopietre, cioè in denti di Lamie e Canicole petrificati, non ci potremo incontrare di vederli nel sito desiderato indarno, perché impossibile. Non così nell'altre spezie di marine bestie, le quali con una sola linea di denti fierissimi furono determinate dalla Natura; essendo che con molta facilità io le farò vedere che non di rado s'incontra la soddisfazione che nell'altre m'ha richiesto. Ella è in luogo di poterla procurare pienamente; né durerà molta difficultà per esiggerne uno anzi più riscontri; ed io, benché lontano di Malta, conservo appresso di me un bel pezzo di mascella con tre denti incassati (a) come per appagare il desio di lei, a suo luogo mostrerò.

Non mi fermerò di poi nel ponderare se la terra di Malta sia alessifarmaca o se pure siano le Glossopietre, e maggiormente per non essere mia professione. Elle sono per tali ricevute dal Mondo, e il Comendatore Abela nel suo affettuosissimo Volume mostra crederne molto. Che la marga però possa aver comunicato la propria virtù alle cose, che dall'altro canto hanno la disposizione di divenir virtuose, lo crederei. Io direi un mio pensiero sopra ciò, e forse non avvertito da altri, se potessi ottenere dalla sua cortesia l'osservazione esattissima di questo. Se le Glossopietre generalmente abbiano la stessa virtù alessifarmaca, cioè se tanto quelle che si trovano nella bianca e sottil marga come l'altre che si cavano dalla rocca più forte e renosa, overo in mezzo non di gentile ed odorosa marga, ma d'un aggregato di pietruzze, o dirle vogliamo rene grosse fragate, nelle quali le dette Glossopietre si veggono spesso conglutinate. E sarei, così alla cieca, d'opinione che quelle che si cavano dalla marga gentile debbano avere grado grandissimo d'alessifarmaca virtù, e l'altre, o poco o niente; benché sappia che così l'une come l'altre non possono mancare di quella atta a far rompere il capo ad infiniti galant'huomini. Taccio, per non tediarla, e per la stessa ragione non m'estenderò a quella parte che riguarda gli unicorni fossili e le corna d'Ammone, e i denti d'Elefanti o altre ossa, esaminando, se questi siano avuti in pregio perché impietrati, o perché dal tempo e sotto terra siano calcinati ed abbiano acquistato virtù alessifarmaca per una certa tal macerazione. Ma basta fin qui dell'arte altrui. Considererò con brevità sì bene la difficultà apportata nella sua: "Che diremo delle Glossopietre di Francia e di Germania? Che nel luogo ove si cavano, tanto in Malta quanto altrove, si trovi una spezia di marga, o bolo, che abbia la virtù della terra Lennia?" Dire si potrebbe, che non solamente Glossopietre, ma ossa, vertebre ed infinite altre cose insieme nella marga si trovano, e che non è così assolutamente che in detto bolo non vi sia altro che Glossopietre. Secondo, io non veggo sempre le Glossopietre in un medesimo bolo sepolte, perché ne conservo alcune in mezzo le rene minute, che formano un sasso di buona fortezza e non è al certo marga; ed anche conglutinate in rene grosse; di maniera che non è con tanta religione osservata la Glossopietra nel bolo, o marga; onde non dobbiamo maravigliarci se ne scorgiamo nella marga come faccenda accaduta casualmente. Stimerò bensì che quelle, che sortirono la marga, siano più preziose, pulite ed intere, e perciò osservate e venate da' venali cavatori; forse anche perché più virtuose. A mio giudicio è men che lontano dal vero il dire che nella marga si fossero conservate e che abbiano (s'egli è così) acquistato virtù più che altrove, che l'apprendere ciò per un miracolo della Natura ed attribuire alla marga la generazione delle Glossopietre rotte, ossa rotte, vertebre rotte, come mostrerò ch'è impossibile.

Non può persuadermi la varietà delle cose che si cavano da costest'Isola, per ragione che non possiamo rassomigliarle ad altre cose di mare o di terra; perch'è certissimo che non abbiamo veduto tutte le parti di tutti gli animali. E non fonda argomento il dire: "Questa tal cosa non so a che rassomigliarla; dunque l'ha generato la terra". Perché può esservi cosa similissima, anzi l'istessa in Natura, che fosse oscura alla nostra cognizione. Ma per quel che riguarda alla grandezza straordinaria alla quale molte volte arriva una Glossopietra, cioè quanto una mano, non m'atterisco; e la ragione si è che sono più rare (com'ella conferma) dell'altre mezzane e piccole, delle quali se ne cava infinite e spessissime, come debbono anch'essere gli animali grossissimi ragionevolmente di minor numero nel mare, nel quale è pur vero che vi nuotino bestie smisurate; ed in questi sono pochissimi i denti grossi a rispetto de' mezzani e de' piccoli. Però intorno a quei sassolini, che volgarmente si dimandano occhi di serpi e simili, dirò ingenuamente che non aveva pensiero di negare tutte le cose; ed aveva fermamente determinato tra me stesso di concedere volentieri quello che con tanta sicurezza io poteva negare con quant'altri affermare. Ma il caso procurato con diligenza e sollecitudine m'ha mostrato la strada di dubitare con ragione di qualunque simile cosa che si stima generata nel terreno; perciocch'egli è manifesto errore tener le pietre, volgarmente dette occhi di serpi, per gioie o pietre talmente figurate dalla Natura in cotest'Isola. Ne basta ch'ella scriva: "Quanto poi alle pietre, dette occhi di serpi, io per me non so a che potrebbe ridurle ad assomigliarle chi pretendesse che tutte le pietruzze che si cavano da queste rocche siano state animali o parti loro impietrate"; perché ella non è mica obbligata di sapere tutte le cose; e la fortuna di questa parte ha offerto a me, prima che ad altri, l'osservazione per soddisfarla. Sono i sassolini, chiamati occhi di serpe, apertissimi denti di pesci. Ella non s'adiri per questa mia decisione, ch'io, con una brieve relazione di quel che osservai, metterò lei in dubbio di quanto fin'ora ha creduto, se non potrò affatto persuaderla. Dirò prima, che di simili pietre, insieme con Glossopietre, se ne trova grandissima quantità nella Sicilia, e particolarmente in Corleone. Da ciò si deve comprendere che gli occhi di serpe non sono in Malta solamente generati per miracolo o per ispeziale virtù del terreno puro ed alessifarmaco. Dico questo per cagione ch'io ne conservo appresso di me di quei di Corleone molti e molti, che in un tufo forte ma renoso ed impuro, anzi noioso d'odore, sono involti, secondoché il caso l'accompagnò, con alcune Glossopietre e con molte sporcizie; onde non sono eglino, benché similissimi di corpo, compariscenti e coloriti a guisa di quelli di Malta, ma cinericci, neri e spesso macchiati. La diversità de' colori poco monta; sono così questi, come cotesti, denti de' pesci, Sarco, Orata, Dentici ed infiniti altri simili, le spezie de' quali, dopo de' primi denti che terminano con l'estremità della bocca, furono dotate dalla Natura d'una copia grandissima di denti con bell'ordine schierati e diffusi dentro di essa bocca, così nella parte di sopra come nella di sotto. La figura è istessissima a gl'impietrati in qual si sia parte, come ogn'uno può co' proprij occhi osservare. Non mancherò pertanto di ridurre a veduta alcune loro ganasce spolpate (a) per paragonare i loro denti con gl'impietrati, che pure disegnerò più sotto in quella maggiore e varia quantità che m'è stato possibile raccogliere, per via di molti amici, da Malta; e questo non solamente per espressione della mia osservazione volentieri farò, ma anche per dar campo co' disegni ad ogn'occhio di riscontrarne l'istessità delle parti e per poterne dopo comprendere la verità che pretendo far conoscere, cioè che quelle pietre, volgarmente dette occhi di serpe, furono un tempo denti e parti della bocca de' Sarchi, Dentici, Orate e simili che in molto numero e varietà per tutti i mari nuotano e si pescano.

E perché le ho promesso di depositare con ingenuità ogni dubbio della mia mente, dirò che se ho incontrato difficultà che potesse mettermi in forse di quel che veggo, è stata primieramente una relazione pervenutami per via d'un mio riverito ed amabilissimo amico. Questi invero merita un tal rispetto, che (se non mi voltassi a ripassare con la mente l'ampia serie delle patentissime verità che a favore di chi stima il contrario svelatamente si schierano) resterei persuaso e preoccupato dalla riverenza che gli debbo e strapperei dall'animo mio la risoluzione, che generalissima ho fatto, di non obbligarmi sopra questa materia ad autorità per grandissima ch'ella sia, quando interamente non conchiuda. Concorre ancora un'altra opposizione propostami in discorso da un virtuoso di tanta e si grand'eminenza d'intelletto, che a gran ragione egli è inchinato universalmente quasi Sole tra' pianeti che il vago e dilettevole cielo della buona filosofia rendono adorno. Il primo mi dà notizia che nell'anatomizzare un corpo umano si sia trovato nell'auricola del cuore sinistra, circondata da un polipo, un lumachina. Aggiugne alla sua storia la relazione d'essersene vedute anche nelle reni succenturiate d'un altro corpo, in altri tempi, due altre; e parimente in Firenze nella vescica d'un pover'huomo un'altra consimile, egli afferma, che fosse stata osservata; per la qual cosa è di parere che non si debba affatto escludere l'opinione di coloro che pretendono indifferentemente in ogni luogo la generazione di tali figure testacee. Dal secondo fu messa in considerazione la qui appresso conghiettura. Posto, egli dicea, che quelle cose che noi veggiamo ristrette nelle rocche molto fra terra si devono stimare in qualche tempo maritime; certo è che di necessità per gli ondeggiamenti del mare concedere si deve ch'ivi fossero giunte. E se così è, ne nasce il dubbio, cioè, che dovrebbonsi vedere i pretesi corpi, rosi, sfigurati e limati dallo strisciare con gli altri corpi, che pure lo dovettero fare per lunghissimo tratto, prima di ridursi alla quiete; ma noi li raffiguriamo tersi, puliti ed interi; dunque ha molta probabilità quella opinione che determina il tutto generato nel luogo ove si scorge. Grandissime difficultà invero, ma non tali però che possano conculcare l'infinite evidenze e la ragione di chi tiene il contrario, com'ella pur conoscerà, se spassionatamente vorrà darmi un'orecchio dal discorso che ho fatto tra me stesso; perciocché quest'ultima obbiezione terminerà a favor mio e la prima non ci obbligherà più che tanto.

Sbrighiamoci dunque della seconda per fermarci un poco più seriamente nella considerazione della prima. Mi pare, che il merito di una tal conghiettura starà in vigore fino a tanto che gli si tolga di sotto una vana e non mai conceduta supposizione che mostra di sostentarlo. Se attentamente considereremo gli oggetti che sono in disputa, ci accorgeremo (per quel che tocca alle Glossopietre) che i denti delle Lamie, Canicole e simili sono di figura acuta, consistenti molto, levigatissimi ed abili per tutto ciò a sfuggire il contatto d'altro corpo, che offendere ed intaccarli potesse. Secondariamente, io non li suppongo e non li considero lungo tempo rotolati flemmaticamente dal mare nelle riviere, ma dalla violenza degli urti d'un Oceano, gonfio dall'ira divina, sbalzati, e da gran volvoli dell'acque fermati e raccolti, e secondoché portò il caso in gran numero insieme con gli animali, o loro scheletri rimasti molto fra terra con ogn'altra immondizia incontrata dall'impeto medesimo. In tal caso con più ragione una gran parte di rotti, che grandissima quantità di frusti, desiderar si dovrebbe; che pur resterebbe appagata la dimanda, perché appoggiata al giusto; essendo pur vero, che breve è il numero delle Glossopietre intere e ben conservate, a rimpetto delle rotte e smembrate che dalle miniere si cavano. Oltre a ciò si deve esaminare qual parte del dente deve aver fatto resistenza al tempo distruggitore delle cose; ed ognu'uno di sano giudicio affermerà che fecesi dalla crosta levigatissima e dura, non già dal di dentro, ch'è di sostanza alquanto rara ed umorosa, sottoposta alla corruzione ed annichilamento. Di maniera che se pure si concedesse a' contrarij che le Glossopietre, cioè i denti, strofinarono or di qua or di là, non sarebbe gran conghiettura a favor loro il non vedersene nelle rocche limate e corrose dal preteso andirivieni; perciocché negare non si potrebbe che il tempo avesse potuto con facilità disfare il restante de' corpi rimasto privo di quella tunica che sola poteva conservarlo; perdonando solamente a quei denti che o sciolti non patirono overo che furono trasportati anche con gli animali o loro scheletri, i quali disfatti nel fango ed oppressi dalla carica che di necessità dovette concorrere nella costipazione del loto, disordinatamente rilassarono le loro parti infrante ed impastate; come pure veggiamo masse stravaganti d'ossa, vertebre, denti, conchiglie, turbini, rene, sassi, ed infinite altre cose senz'ordine alcuno, guaste, intere e rotte in un groppo meschiate. Pongasi anche in considerazione il fine per lo quale, come altrove ho narrato, i cavatori raccolgono le dette Glossopietre, che certamente si comprenderà non essere mica per filosofarvi sopra ma per approfittarsene col prezzo; che però essi non raccolgono le sfigurate e corrotte, sì bene le pulite ed intere; perché l'une di poca stima sono e spregiate, l'altre venderecce e cercate per non so quale creduta virtù. Ma a che trattenerci, non essendo obbligati di mostrare tutte le Glossopietre fruste dal moto immaginato da' contrarij, non mai conceduto o preteso da gli altri e da me, che pure ho la maniera di soddisfare chi che sia, anche posto il tutto al loro modo? Mostrerò, a chi vorrà vederle, Glossopietre corrose, limate, corrotte per lo più nella radice, che non ebbe mai crosta, spezzate, intere; ma tutte però similissime, anzi istessissime a' denti di Lamie, Canicole e simili. Parimente m'offerisco di sottomettere al senso molti e molti gusci di testacei cavati dalle rocche e ne' monti, de' quali non posso darmi a credere che si pretenda il medesimo che de' denti, essendo essi corpi leggieri, galleggianti e facili ad ubbidire a qualunque spinta, benché piccola, che assegnaremmo nell'acque; ed in conseguenza non devono mostrare altro, salvo che il danno ricevuto dal peso e dalla umidità, com'effettivamente quasi tutti si riconoscono oppressi, spogliati dalle spine e rilassati nelle ligature, le quali, essendo membranose, con facilità si corruppero nell'umido limo; e se il tutto conchiude a favor mio, sarà bene passare alla difficultà proposta avanti alla già considerata.

A prima faccia sembrommi mostruoso il sentire che nelle viscere umane si sogliano generare testacei; ed il non poter dubitare dell'istoria rapportatami da huomo ch'è il tipo della sincerità mi stordì maggiormente. Pure avendoci pensato alquanto, m'accorsi che tolta una superficiale conghiettura non resta altro che c'impedisca. Ho considerato in due maniere il fatto; cioè: o noi doveremo stimare le sopradette lumachine perfetti animali, overo corpi a somiglianza del guscio di quelli generati in quei luoghi del corpo umano. Dico che per l'una o per l'altra maniera non siamo costretti a mutar parere. Venghiamo alla pratica; se affermeremo perfetti animalucci quelle lumachine, noi non siamo nel caso, perché so che per istrade a me e forse ad altri incognite, e per accidenti varijssimi, può giugnere nelle nostre viscere un'infinità di semi estranei, i quali non trovando alle volte impedimento che proibisca loro il progresso determinato dalla spezie di esso seme, si possono avanzare ed offerirci stravaganze non dissimili alle raccontate dal famosissimo Bartolini in una delle sue Centurie, in cui si leggono molte storie d'essersi osservata nelle viscere umane grande e varia quantità d'animali, il che direttamente, come dissi, non fa al caso nostro; perciocché io pretendo principalmente che siano stati veri ed animati i gusci tutti, che riscontriamo petrificati fra terra; che se poi questi fossero ivi generati o nel mare, e colà trasportati, egli è un'altro problema a cui, come sopra ho cennato, si soddisfarà chiaramente con l'osservazione de' luoghi ove si veggono, e da infinite altre congruenze si caverà un'intero appagamento del senso e dell'intelletto, come appresso mostrerò. Per ora intendo solamente d'oppormi alla rotta e smembrata e, per dirla, sognata generazione di coloro i quali vorrebono che la Natura avesse scherzato, per appunto come fantastica il loro cervello; che però passo a considerare le addotte lumachine non animate, ma quasi configurazione sassea prodotta ne' luoghi riferiti di sopra overo altrove. Sono elle al numero di quattro ma tutte lumachine, non già una conchiglietta o un'echino o altre sì fatte e varie figure. Tutte sono dunque turbinate; quindi considero e veggo, ancorché di lontano, quanto facilmente il caso possa aver'avuto parte nel comporle e dimostrarne infinite altre di consimile figura. Io non sono tanto informato delle minime parti e della sostanza di che consta il microcosmo dell'huomo, ne ho ben compreso tutte le passioni di esso, sì che possa parlare con libertà della sua composizione; bastantemente mi dà che fare la di lui superficie, e m'è paruto di complire col mio obbligo, se alle volte l'ho considerato privo della prima scorza per comprenderne i necessarij sentimenti che devono esprimersi nel disegno delle figure; con tutto ciò anderò spiegando il mio pensiero, qual'egli si sia, alla meglio che saprò, e con esempli maneggiati da tutti per farmi intendere almeno.

Veggo che i corpi, dirò membranosi, ad ogni poco di calore accostati si raccolgono, si grinzano e turbinano con facilità; stimerei che l'istesso in qualche parte del nostro corpo accader potesse, ove non mancano membrane ed umori salsi e colliquati e gissei, ch'esiccandosi le prime più e più vengano a turbinarsi con agevolezza, e con non minore si riducano con essi umori alla similitudine d'una sostanza sassea; e ci danno così ridotti occasione di romperci il cervello. Pure io me ne sbrigherò, dicendo che per trovarsi tutte lumachine è facile essere stata la cagione della loro composizione quella da me pensata overo altra più confaccente, ma non mai l'istesso scherzo di Natura (per usare il termine de' contrarij) che formò tanto e sì grande e varijssimo numero di corpi nelle rocche e ne' monti, puntualissimi con quei del mare; perciocché non posso darmi a credere nelle dette lumachine quella esattissima e corrispondente fattura che nel guscio d'un turbinetto, overo lumachina di mare, godiamo. E se fosse stata la produttrice di esse lumachine la medesima scherzante Natura che generò tutti gli altri corpi, senza dubbio non si sarebbe scordata della sua bizzaria ed avrebbe scherzato variamente nella vescica di quel pover'huomo, a differenza di quel che fece nelle altre parti, con esporci un paio d'ostrache, un mezzo granchio, qualche ganascia di Canicola, overo un buon pesce, giaché il luogo n'era capace. O Dio! fors'egli è d'ugual peso il dire: "Nel cuore umano si è veduto un corpo sasseo che ad una lumachina si rassomiglia; dunque gl'istrici, echini, vertebre di pesci grossi, pesci, conche, conghiglie, turbini, coralli e stellati, fistolosi ed articolati, granchi, denti di diversissime figure", ma il tutto stessissimo ad ogni altra cosa di mare; "sono generati nelle rocche e nelle montagne per ischerzo di natura inanimate?" Che il dire tutto al rovescio, cioè. "Un tanto e sì gran numero di corpi marini petrificati che veggiamo fra terra furono certamente animali; ma quella lumachina talmente figurata nel cuore umano, fu per ischerzo degli accidenti composta?" Questa è molto evidente, l'altra fuor di ragione. "Sus rostro, si humi, A, literam impresserit, num propterea suspicari poteris Andromacha Ennij ab ea posse describi?"

Chi non è preoccupato da idee fantastiche risponderà assolutamente che no.

Abbandoninsi pure, or che mi sovvengono, le ciance di coloro che asseriscono le leggerissime osservazioni del vedersi piccole conchigliette e turbini non affatto consistenti ed alcuni di maggior corpo, teneri da un lato, a segno tale che con l'unghia s'intaccherebbono, e dall'altro ben sodi e di petrea sostanza, quasi che s'andassero indurando e perfezionando pian piano, dopo cresciute di buona grandezza; dal qual vano discorso nasce la presunzione che si doverebbe vedere un qualche animaletto petrificato nel proprio guscio, se il tutto non fosse semplice produzione del luogo ove si trovano; e benché basterebbono le parole di Francesco Calceolario, che di mente del famoso Fracastoro risponde : "Causa est, quod caro, quae mollis ex se erat, et contrahi nata, multa terra circumtecta mox in lapidem coivit"; le quali doverebbono soddisfare un tanto e sì accorto dubbio; voglio nondimeno rimettere la lite all'occhio de' curiosi e sarà terminata. Posso mostrare a tutti un sasso fortissimo, composto di varie conchigliette, turbini, pettini e simili, tra' quali speziosamente più d'una conchiglietta darà libero l'adito al senso di scorgervi dentro l'animale, con ogni sua parte distintamente; e questo perché il caso portò ben racchiuse le conchiglie in quella disordinata combinazione di corpi diversi e proibì l'intromessione del limo, che corrotto averebbe quel che vi era di tenera sostanza; onde conservossi l'intera forma delle parti dell'animale; ciò non è mica tanto rara veduta, avendo io più d'una volta in varij sassi osservato l'istesso. Dal valore di questa si deve ratizzare l'estimazione dell'antecedente conghiettura che, o è calunnia overo stolidezza; perciocché anche in mare vi sono spezie di piccolissime conchiglie o di notabile grandezza sottilissime e tenere, e perciò soggette alla corruzione e calcinazione, più tosto standо fra terra, che alla petrificazione disposte; la qual passione non di rado accade medesimamente a' fortissimi turbini, conche, echini, e denti, i quali in molti luoghi di queste colline si scorgono petrificati tutti, anche quelli di piccolissimo corpo, o interi o rotti in pezzi, secondoché il caso ordinò gli urti e l'oppressione; ed in altri luoghi si riconoscerà il tutto indifferentemente e di qual si sia corpo corrotto, guasto e quasi d'una materia al gisso ed alla calcina simile, per ragione d'un umore salso e corrosivo del sito. Ho però osservato che le forme prodotte da' turbini, conche, echini, etc. disfatti, overo teneri, rimangono di durissimo sasso; il che mostra manifestamente che sarebbe pazzia credere che la Natura sassea generante prima formi l'interiore modello di consistente macigno e dopo disponga la bizzarra generazione de' gusci, per crescere forse entrambi pian piano, acciocché non si commettesse alcun errore nella formazione della figura, e per maggiore diligenza prima si maturino da un lato e dopo dall'altro.

Non meno debole, e da non farne conto, sì è l'esempio de' datteri marini, o dirli vogliamo cappe lunghe, secondo Goropio ed altri, per argomento apportato da molti, non so se mi dica curiosi investigatori, overo indiscreti calunniatori della verità che per mezzo de gli oggetti ci offerisce la Natura; perciocché potendo osservare co' proprij occhi il meato per lo quale s'introduce l'animale dentro il sasso, l'hanno trascurato, e forse ad arte, per poter esercitare ed impiegare la stravagante loro fantasia, e mostrarsi appo i creduli persone d'ingegno tanto penetrante che punto non bastò a quegli animaletti l'essersi nascosti nelle viscere d'una rocca; perché anche ne appresero le segrete maniere usate dalla Natura per generarli. E pure ogni vil pescatore ha di ciò più certa e maggior notizia di tanti bravi filosofi; posciaché essendomi più volte accaduto di farne pescare, ben mi sovviene che nel venire su col pezzo svelto dalla rocca il pescatore, prima di dividerlo, numerava la quantità de' datteri che dal sasso dovevansi esiggere. Onde io non avendo mai abbandonato la curiosità, conobbi che quello da alcuni buchi esteriori lo comprendeva, e per assicurarmene con più soddisfazione, dato di mano ad un martello e fatti in pezzi quei sassi, riconobbi il meato che alla cava dell'animale avea il fine; la qual cosa feci osservare con maraviglia ad un'ottimo ed eruditissimo huomo, che già s'accigneva alla speculazione per essere stato informato sinistramente. Molto tempo dopo, con mio piacere m'avvidi che la stessa osservazione cadde sotto l'occhio dell'accuratissimo Fabio Colonna, il quale scrive: "In Spondilorum testis observavimus externa parte, intra quamdam cavitatem vix foraminulo apparente" . E perciò conchiudo che l'ignoranza di questa istoria nasce o da poca ed inconsiderata lettura o da scarsa curiosità o da ostinazione. Ma dato pure che quello nel cuore del sasso si generi e cresca, potrassi perciò tirare conseguenza e determinare la generazione d'una parte di guscio d'animale, d'un dente, d'una vertebra o d'una intera tal cosa non animata? Sarebbe troppo. Basteranno a soddisfare tutto ciò alcune parole del sopracitato Autore, che in un medesimo tempo mostrerà la vanità de' contrarij, porgerà un'argomento a mio favore e liberamente esprimerà la malattia di coloro che hanno preteso la generazione de' testacei inanimati per i monti e ne' sassi. "Unquam in saxo, quo vixit – parla del dattero cennato – et perijt, suae formae signum, vel striam aliquam, aut lineam reliquisse est observatum, cum nec potuerit, propterea quod testa crescens extrema parte, qua hiat, tenerior est reliquia in omnibus testaceis, nec posset vim saxo, et non sibi ipsi inferre, ut impresso fieret saxo. Nec etiam in dictis cavernulis dimidia testa, vel pars illius, aut fragmentum sponte ortum fuit repertum, nec etiam ipsa testa integra, quae per compressionem saxi, rimam, aut fracturae signum passa sit: sicuti in montibus, et alijs locis extra mare reperiuntur fere omnes, ut vix paucae integrae possint reperiri. Nos quidem non modo naturalium rerum ignarum, sed insanum putamus, qui frustulum, aut dimidiam testam, vel integram sponte editam eadem magnitude ab initio, vel alio modo intra saxa sic genita asserverit, quae etiam adeo cohaerente saxo reperta sit, ut reperiuntur in saxis, quae vix eximi possit, et non integra, et exempta impressionem sui relinquat, tamquam cuneum eiusdem". Ed è forza confessare che nelle rocche non nacquero le conchiglie, turbini etc., ma che in quei luoghi, ne' quali li scorgiamo furono spinti, raccolti, ristretti, ed ammontati col loto, che prima di rassodarsi ricevette l'impressione puntualissima d'ogni loro parte.

E per ultimo dico ch'è calunnia patentissima l'opposizione fattaci, appoggiata sopra il vedere alle volte qualche conchiglia di corpo non solamente tenero ma anche tunicato, in guisa che si possano da quella distaccare molte e molte sottilissime superficie; quasi che quella figura fosse stata composta da un concorso accidentale d'una tal materia che s'abbia disteso, or con una or con un'altra superficie, per farci maravigliare d'una tanto pulita e vaga generazione semplicemente petrea. E calunnia, replico a dire, talmente cieca che non s'accorge della necessità di dover concedere perfettamente prima composto un'altro corpo di sasso, ben formato a quella foggia, sopra del quale si fossero potute applicare le tante laminette per dopo risultarne la pretesa figura. Sarebbe in vero un grande allucinamento affermare che così abbia ordinato il caso, o quella vaga virtù generante, nell'atto di comporre scherzi di Natura racchiusa ne' sassi. Eh, che sono leggerezze. Furono dunque quelle sì fatte conchiglie animate nell'acque ed or corrotte, scherzo del tempo, non di Natura; e quel che resta di fortissimo sasso configurato, un tempo fu molle fango, come più volte ho provato, che ricevette l'impressione della figura delle conchiglie. Chi saprà osservare i consimili corpi frescamente cavati dal mare, conoscerà la lor composizione costare di sottilissime tuniche, applicate una sopra l'altra; e così non gli riuscirà maraviglioso e portentoso l'ordine istesso nelle mezzo disfatte e calcinate che apparentemente lo devono mostrare, poiché rarefatte e prive dell'umore che aveva l'obbligo d'unire strettamente quelle tuniche.

Farò capo dunque alla risposta da quel ch'ella apporta in riguardo della gran quantità di Glossopietre raccolte in diversi luoghi del Mondo, cioè nel Delfinato, nella Guienna, in Daventria e, quel che più preme, in Malta e nel Gozzo; supponendo prima che al tempo del diluvio universale periti fossero solamente i terrestri e volatili; e fondando poi l'inconvenienza di determinare tante Lamie uccise in un sol colpo, e a numero tale, che avessero potuto arricchire co' soli denti tante parti dell'Universo. A tutto ciò soggiugne una degnissima osservazione; ella sì è che al d'intorno (parliamo di Malta), cioè nelle riviere vicine, non se ne scorga pure uno di essi denti che mostrasse la casualità pretesa da altri. Risponderò che le opinioni de' Sagri Dottori sono varijssime nel determinare la maniera tenuta da Dio nell'affogar questo Mondo; perciocché essendo infallibile che le acque del diluvio sormontate fossero quindici gomiti sopra la sommità de' monti altissimi, ne nasce al tempo istesso il calculo del grandissimo cerchio descritto dalla superficie dell'acque e la considerazione della sua valuta, che di molte e molte porzioni dovette avanzare il globo tutto della Terra. E però si va da quelli cercando donde nel crescere abbiano le acque disceso o scaturito, e dove nel minoramento abbiano potuto rinvenire un letto proporzionato, supposta l'opinione di Oleastro e d'Eugubino, che tra gli altri dal Firmamento sboccate le vollero. Il Dottor Cornelio à Lapide , veggendo la gran quantità d'acque che abbisognavano, determina queste fermentate ed alterate dall'ira Divina; meschia egli in esse aria e terra ancora; e così va calculando quel gran contenuto, descritto dalla superficie dell'acque, servendosi di quelle del Cielo, del Firmamento e dell'abisso. Ma s'ella si risolve a stimarla con un sì bravo Teologo, dir si potrebbe che i miseri pesci (non assuefatti a quella sorte d'acque, ne alla grande indigestione che bisognò avessero fatto per un numero infinito di cadaveri che miseramente annegati restarono loro in cibo, ne meno a tante altre immondizie concorse nell'acque) è facile che allora morti siano la maggior parte, se non tutti. Ma non lo crederà. Dirò dunque così. Che non suppongo tutte le Lamie o i pesci estinti ad un sol colpo, ne che tutti fossero denti di Lamie, ma di varij animali e di spezie diversissime, che in molto numero nuotano nel mare, de' quali la Natura armò le bocche di quantità indicibile e differentissima di denti.

Ed è certo che se con sincerità avesse fatto questa considerazione, si sarebb'ella persuaso che pochi animali erano d'uopo per arricchire di pregiatissime Glossopietre molte Isole, non che cotesta di Malta. Oltre a ciò, le cose tutte che si cavano dal terreno e da' tufi di Malta sono di spezie (come nel progresso di questa leggerà) quasi infinitamente numerose; per lo che non doverebbe apportar maraviglia l'abbatterci in molte quantità di Glossopietre, cioè di denti di quella fatta, di conchiglie, echini, vertebre ed altre pietruzze; poiché il tutto o si riconosce copiosissimo in un solo animale o è di tal spezie che nel mare supera in numero le rene istesse. Aggiungasi che il mondo è antico; gli Autori parlano di molte particolari inondazioni; ed io non stimo l'isola di Malta fondata da Dio, quando creò il tutto, nella forma in cui oggi si vede (come piace al R. P. Kircherio), ma che prima non molto sopr'acqua, e dopo sia stata in più volte ridotta al segno nel quale noi curiosamente la godiamo. Stimo ancora che le immondizie del mare, unite con migliaia di milioni di limo in proporzione, possano aver mostrato cento Isole com'è cotesta, ogni volta che c'immaginiamo quel ch'è facile essere accaduto e ci viene rapportato da gravissimi Autori (a' quali dobbiamo pure una fede istorica) o quel ch'è certo, cioè l'universale inondazione. Non per questo resterebbe purgato il quisito spettante al vedere solamente in Malta, e non nelle riviere vicine, le Glossopietre. Dimanda che mi ricordo di aver fatto a me stesso nell'osservare quel sopradetto monte di conchiglie striate in Musorrima, poiché mi recò maraviglia non iscorgerne pur'una nel d'intorno, ch'è un poco più del fatto d'un Isola. L'istesso m'accadde nel vedere raccolti, quasi in tutte le nostre colline di grande altezza, gusci d'animali marini che dimandiamo, piedi di porco e di capra, conchigliette, chiocciole, turbini, bastoncini, echini ed altre infinite cose (come vedrà) lungi dal mare per tre miglia di cammino in su la montagna, e precisamente per la strada della Madonna di Buonviaggio. Ma per quanto ho potuto osservare, sempre nelle dette raccolte di cose ho scorto mescolanza di più cose, bensì la parte maggiore d'una stessa spezie; sono entrato perciò in pensiero che non il caso solamente, ma la qualità delle figure possa aver avuto qualche parte in quel che ci apporta maraviglia; iperciocché il caso può aver determinato il sito, formando i volvoli nelle grandissime inondazioni, e la figura della conchiglia o altro può avere ubbidito al conforme urto ed unione tra di esse. Mi spiegherò.

Se in un gran ridotto d'acque, nel quale vi siano molti impedimenti che possano far nascere diversi volvoli in caso di moto, depositeremo quantità d'uova, e scorze di esse, di paglie, sassolini, conchiglie ed altre varie cose di varia figura tutte, crederei che insinuando noi in quell'acqua un moto irregolare e violento, ella urtando ne gl'impedimenti in più d'un luogo raggirerà in sé stessa, e senza dubbio nel termine della quiete poserà (per la più quantità) le varie cose, che in essa nuotavano, secondo la loro figura; anzi saranno non solamente raccolte da quei giri d'acque, ma anche affettatamente abbandonate or qua or là, secondo la determinazione del caso che insinuò in varij luoghi i detti volvoli. Così direi anche d'una faccenda grandissima. Ella intanto ci pensi un poco per amor mio e me ne assegni la difficultà; che io per ora dirò ch'egli è un mio pensiero bislacco, nato all'improviso e non maturato per anche con debite dimostrazioni; e dall'altro canto penserò se del non vedersi Glossopietre nelle riviere vicine possa esserne la cagione la varietà del terreno, il quale in Malta è atto a conservarle, ma altrove, perché di sciolte rene, sarà stato contrario ed abile a consumarle, massimamente considerato il tempo; overo per essere i denti corpi pesanti, i quali facilmente debbono aver giunto prima degli altri a posare nel suolo; da ciò nasce la difficultà d'incontrarle per i sovrapposti monti qui da noi, dove pure si veggono infinite cose di quelle che facilmente galleggiano, come coteste di Malta; ma sì bene pochissimi denti, non avendone io, per molta diligenza usata, trovato altri (a) che cinque, tre de' quali mostrano essere le mere scorze mancanti della sostanza interna, ed in vece di questa, ripiene di leggiera e sottil marga. In cotest'Isola, al contrario, per essere piana e di poca altezza, è facile, anzi di poca fatica, il penetrare nella base, sopra della quale posarono prima degli altri i corpi di maggior peso. Il che mi pare molto verisimile; e forse darò in brieve a conoscere anche a lei questa mia opinione non dispregiabile; avendo quasi certa speranza d'abbattermi nella base d'una di queste colline in denti di pesce, come sono per appunto cotesti in grandezza. La vera cagione sarà questa per ora; cioè quella istessa che sequestrò le conchiglie striate in Musorrima e le conchiglie, echini, colonnette, piedi di capra ed infinite altre cose nelle colline di Messina, e non altrove o al d'intorno, anche ridusse coteste cose in Malta, e non in Sicilia. Questo è difficile a negarsi, ed io ne trarrò un buon argomento per me; il quale si è che le Glossopietre di Malta corrono la stessa fortuna dell'altre cose di Musorrima e di Messina; e di queste ultime è ostinazione il dire che nate siano nella terra e ne' sassi (com'ella vedrà), dunque la stessa ragione di giudicio meritano coteste; overo bisognerà andare speculando come la Natura generi in alcuni luoghi non più pietre a similitudine delle cose di mare, ma veri animali, e gusci de gli animali marini per le montagne altissime.

Aiuta molto, e rende quasi certa l'opinione d'altri e mia, l'argomento proposto per distruggerla; perciocché la varietà della figure che nelle Glossopietre s'osserva, cioè molte serrate, molte acute e lisce, molte a modo di saetta o triangulate, non permette che si fondi una supposizione contro di quello che le stesse Glossopietre determinano. Non è bene averle tutte per denti di Lamie ma di varij pesci, com'ella riscontrerà co' propri occhi in una buona parte, e così determinerà con evidenza, che alcuno giammai potrà leggere ed osservare che tutte le Glossopietre fossero state denti di Lamie assolutamente, essendo esse di varij pesci o, per dir meglio, similissime a' denti di varij animali. Dirò bensì che nella bocca delle spezie delle Canicole la Natura ne formò di più forti (a) , cioè a modo di saetta e lisci ed acuti e ricurvi ancora, come più d'una volta ho veduto; e se talvolta non possiamo raffigurare alcune Glossopietre con denti naturali de' pesci, sarà a mio credere nostro difetto, che non abbiamo cognizione di qual sorte d'animale si fossero. E se a poco ci strigne la figura variata delle Glossopietre, meno c'obbligherà il disordine, con che giacciono ne' tufi; perciocché se il vederne mezzane qua, molte piccole là ed alcuna grande altrove, mostra essere casuale posizione e disordinato garbuglio; l'osservarne dopo (b) una piantata con la radice in su, una per traverso, una per diritto, infinite rotte e tutte con varia inclinazione, deve assicurarci ch'elle nate non siano nelle pretese miniere; che se fosse così, doverebbono almeno osservarsi con la radice sempre sotto; se pure nelle Glosospietre non si deve formare giudicio differente e stimare che esse nell'avanzarsi non corrispondano con ogni altra cosa che nella terra si genera e cresce. Ma piano; io mi veggo incalzato da queste parole: "Ciò però che in questo maggiormente mi conferma, si è il vedere che le Glossopietre dalla punta e da' lati assai più facilmente si stacchino dalla rocca in cui si trovano, che non dal la base dalla quale manifestamente si vede uscire una quasi che radice, alle volte più lunga, che la stessa Glossopietra; la quale internandosi nella rocca, va a poco a poco a confondersi e degenerare nella di lei sostanza. Or che è questa radice fitta nella rocca, se fossero stati denti di Lamia?". Egli è un'inganno, da cui facilmente ce ne possiamo liberare ogni qual volta non daremo presto fede alle cose che desideriamo, abbandonando l'affetto della pretesa opnione. Lo scorgersi la Glossopietra o il dente attaccato con più tenacità alla rocca nella radice, e non da' lati o dalla punta, è argomento chiarissimo ch'essa stesse così non già per succhiare dalla madre l'umore per crescere, ma per ragione ch'essendo ben terso, lucido e levigato per tutto nella superficie il dente, non poté abbraciarlo il continente ed unirlo a sé come pur fece nella radice, la quale più spugnosa e porosa diede luogo al limo e comodità d'attaccarsi in quella parte con più forza; tuttavia lascia libero il senso ad ogn'uno di vedere il termine terminatissimo di essa radice, la quale in niuna maniera si disperde nella marga, se pure ho meco gli occhi. Ma se dobbiamo far caso del vedere alcuna Glossopietra con la radice più grande di essa Glossopietra, come per argomento che la Natura abbia avuto intenzione di propagare quel seme racchiuso e farne crescere una maggiore; perché più tosto non dobbiamo stimare tutto ciò accaduto in bocca dell'animale, in cui senza contrarietà si concedono vegetative le parti? Forse mostrerò che negli animali vi si trovi dentame simile alla Glossopietra inviatami; per ora resterò sicuro che nel dentame di molti animali possiamo raffigurare la parte del dente incassata nella ganascia di maggior grandezza che il resto schierato nella bocca.

Confesso sì bene che molto mi diede da pensare un suo polizino, che mi servì d'involto a "quattro Glossopietre (a) piccole, con due piccoli principij cresciuti insieme — ella siegue — avvertendole, che non se ne trovano mai maggiori di simili escrescenze, perché a parer mio la virtù è dispersa"; quasi che quel vigore generante, fatto il primo sfogamento nelle due prime Glossopietre, diminuendosi venne a generare di meno mole e più piccole graduatamente le successive. Discorso finissimo, ed io per qualche tempo restai dubbioso, ne sarei stato per rispondere con la negativa, se sopraggiunta non mi fosse la cognizione del dentame del pesce quì da noi detto Colombina, ovver Vacca, ch'è spezie di Canicola, da me osservato con grandissima maraviglia e conservato con non minor diligenza, per togliere a S. V. la briga di speculare in bisogna in cui con un'occhiata si comprende il tutto; per lo che le invio parte della ganascia di detto animale, e per godere delle stravaganze partorite dalla Natura ed insieme per chetarla a credere che non nel terreno di Malta, ma in bocca d'un vivente, da quella si formano simili faccende, che non mai è debole ne stanca nelle sue grandi operazioni, ma sempre vigorosa e provida nel tutto, e necessariamente anche nella produzione di tal sorte di dentame (che se averò tempo, il disegno dell'intera testa in ultimo mostrerò non solamente (b) ma il pesce (c) tutto, che forse non sarà stato descritto da gli Autori, overo non fedelmente anderà in volta) perché tale certamente conviene all'animale sopradetto. Ella la consideri, ed applichi la sua speculazione al determinare l'uso proporzionato di tante seghe (che tal sembra qualunque della maggior parte de' denti, che di molti denti è composta (d) ma di numero varijssimo, essendovene in un'istessa bocca di vario disegno, e di più e meno punte) come si può osservare nelli pochi espressi nella I. tavola, che in quanto al resto la persuaderanno a credere differentemente di quello che ha stimato per l'addietro, non solamente nella quantità delle Glossopietre (per usarle la sua voce) ligate ad una radice stessa, ma anche nella opinione dell'essere loro, essendo stati, per quel che la semplice e fedele relazione del senso m'insegna senza dubbio, prima di petrificarsi denti di Canicola di quella spezie, che tolta la bizzara qualità del disegno de' denti, corrisponde con ogn'altra già detta osservazione delle Lamie e Canicole.

Parliamo anche delle Glossopietre col riverito mio Sig. N. N. "Aggiungasi a tutto ciò, che le Glossopietre sono vestite di fuori d'una crosta differente di colore e di sostanza dalla materia interna, quale non doverebbono avere, se fossero stati denti, poiché questi sono dentro e fuori di sostanza uniforme, e venendo impietrate di una stessa spezia di marga dentro e fuori, dovrebbono altersì osservare crosta particolare, e diversa di fuori". Parole che mi fecero ricorrere alla sperienza; ma questa condanna la supposizione creduta, o almeno proposta; perciocché avendo rotto molti denti non impietrati (come pure ne invierò), ho riconosciuto che tutti sono da una scorza particolare vestiti, la quale serve di pelle alla sostanza interiore del dente, ch'è in molti dell'osso istesso, ma alquanto più umoroso, ed in altri, come si è detto, d'una materia tenerissima; e perciò altro non devo soggiugnere, se non che delle tinture si dee fare poco conto, potendo riceverne il di fuori con più macchie e con più carica da accidenti infiniti; il che non si potrà determinare nelle radice delle Glossopietre, per dove l'umore lapidiscente e la tintura con più libertà poté aver'azione, essendo in detta parte più porosa e senza scorza e quasi d'un istesso colore, se non quanto alle volte in alcuni luoghi macchiata dalla marga del continente.

Ma "finalmente — ella scrive — veniamo alle conchiglie, turbini, ossa vertebre, etc., le quali pare che più verisimilmente dimostrino essere state simili cose pietrificate". Due, per quanto scorgo, sono gl'impedimenti per farla risolvere a negare quel che il fedelissimo senso del vedere le propone con chiarezza e semplicità. Uno si è la quantità de gli Echini; l'altro la rarità ne' nostri mari della spezie di simili Echini Spatagi. Risponderò all'una e all'altra difficultà. Siano pure gli Echini Spatagi rarissimi, come vuole l'Imperato ed il Mattiolo, che fastidio ci darà? Basta a me che si trovino in Natura, che del resto dobbiamo supporre che in altri mari siano così frequenti gli Spatagi, come sono gli Echini ne' nostri; e pure d'una spezie la più bella (a) sono in tanto e sì grande numero gli Spatagi, che in meno d'un'ora ne ho fatto pescare a centinaia nel Porto di Messina; e pretendendo io che il tutto fosse stato cagionato da un grave disordine, niuna delle cose possiamo figurarci con più facilità trasportate quanto gli Echini. Anzi, il sito occupato da loro, cioè le spiagge, può servirci d'argomento; imperciocché non essendo essi ponderosi come l'altre, che con sollecitudine dovettero ricorrere alla quiete, ed essendo di figura più facile a galleggiare fluttuando con l'acque, circuendo le spiagge vennero separati a posare nel recinto dell'Isola in gran numero, e quasi tutti apparentemente; di questi abbisognerà parlare più sotto.

Volgerò dunque il mio discorso secondo il gusto di lei; protestandomi d'avere avuto la bella e sottile fatica del Salas per capricciosa più tosto che per vera. Io l'universale inondazione, per appunto come Moisé la racconta, la credo; e crederò insieme che le acque coprirono il tutto; che "Reversae sunta aquae de terra" e che "Prima die mensis apparverunt cacumina montium"; ma di quei monti, da' quali la colomba poté svellere e portare "Ramum olivae virentibus folijs in ore suo"; cioè da' monti che così bene restarono dopo monti, come prima erano, della Terra. Ella non è, questa opinione, ipotesi fantastica ma verità. Onde farei molto male i fatti miei, se volessi abbandonare questa per ricorrere alle immaginazioni del detto Autore. Non si fatichi dunque ad esortarmi ch'io non me ne vaglia per argomento della mia opinione; perché io sono talmente avverso alle stravaganze capricciose, che m'ha dispiaciuto vederla aderire alle non meno fantastiche che leggiere opinioni di coloro i quali danno fuori, e difendono, che in mezzo alle rocche, o per virtù de gli astri, o per mezzo dell'acque venute dal mare, impregnate di non so che Ostracodermi, si possano generare meri gusci d'animali marini. Quel che racconta Agricola però, ch'io non ho veduto, mi sembra verisimile o facile ad accadere, cioè di vedere ne' sassi rospi e serpi ed anche più cani, come vuol Guglielmo

Neobrigense. "E che poi per successo di tempo quivi si siano impietrati, può ben dirsi — ella siegue — ma non soddisfa punto a parer mio; — perché? — perciocché si troverebbero anco adesso simili animali vivi in mezzo alle rocche"; or questo no. Basterà che si veggano vivi in mezzo alle loro tane nel terreno; che dopo in qualche maniera restarono racchiusi, morti e petrificati ancora soddisfecero al tutto, e non debbono avere altra obbligazione che di testificare la loro disgrazia, cioè d'essere stati colti da qualche accidente che poté conglutinare ed ammassare quel bolo e quel limo insieme con essi, tutto in masso di rocca. Come pare che in altro luogo ella non nieghi la petrificazione delle cose con le seguenti parole: "Ma non perciò intendo di negare, che vi siano realmente animali, legna, ossa, conchiglie e simili cose petrificate in alcune parti del Mondo, ove trovandosi un succo lapidiscente, si sia andato insinuando ne' loro pori e corrosa poi anco, o putrefatta, la pristina sostanza, in luogo di quella n'abbia riposto della sua terrestre, e così convertitele interamente in sassi, riservata solo la figura di prima — con questa condizione però — stimo bensì ciò essere assai raro e non potersi adattare alla innumerabile quantità di pietre figurate, che si cavano in quest'Isola". E pure io so che non le parrebbe cosa tanto rara, ogni volta ch'ella dasse un'occhiata all'infinite storie addotte e raccolte dal soprannominato Gio Daniele Maggiore e da Filippo Iacopo Sachs; conciosiaché l'uno e l'altro di questi Autori hanno unito un'Indice copiossissimo di stranissimi effetti di petrificazione . Per me sarà sufficiente che così soglia e possa operare la Natura, che del resto non saprei come si possa prescrivere o limitare la sua attività; e stimo che tanta fatica essa spenderà a petrificare una conchiglia quanto a petrificare una montagna, allora quando darà la ricetta del come ciò si possa eseguire a gli accidenti suoi ministri. Questi non so se possono avere discrezione, ogni volta che siano disposti ad insassire ciò che abbracciano di lasciarne parte impietrata, parte no; e così non so come soddisfarla nel suo desiderio, che vorrebbe vederne per segnale che prima fossero state vari gusci di conchiglie, o d'altro, qualche cosa che fosse la metà di sasso, ed il restante conservato e non alterato. Pur dirò, che in molti luoghi non disposti ad inssassire le cose, restano tutte non petrificate; ed in coteste parti, dove vi si trovò la disposizione, si petrificarono tutte, essendo tutte sotto d'un'attività e per un tempo medesimo. E pure forse la consolerò, non solamente d'alcune conchigliette impietrate, ma d'altre ancora in parte petrificate, ed anche con l'animale dentro (cosa rarissima) tutte abbracciate da un fortissimo sasso; acciocché possa almeno compatire la mia opinione, avendo dubitato del parere de gli altri con qualche buona ragione.

Delle ossa, vertebre etc. parlerò appresso. Diciamo anche qualche cosa de' turbini e delle bugardie non rispetto a quel ch'eglino si sono; perché indubitato è per me che siano stati formati dalle scorze de' veri turbini e bugardie. Ma intorno a quel suo quisito: "Perché le conche negre e cineree ed i turbini dell'istessi colori, si trovano solamente dentro l'argilla, e non incassate nelle rocche come le bianche?" Rispondo: perché, come ho detto, quelli, che si veggono nella creta non sono veri turbini o conchiglie, ma le forme di essi; e quelli che, racchiusi nelle rocche s'osservano, sono veri gusci di turbini o conchiglie, essendo rimasti ben costipati quel che prima erano, benché alterati in sasso. Bene lo persuade uno de' turbini inviatomi dalla sua cortesia; perciocché essendo di figura che in se stesso si raggira, non potendo difendere la scorza che il d'intorno vestiva, conservò, ma impietrata, quella parte di turbine che dentro a' giri si trovò abbracciata dal loto indurito nella consistenza di sasso. Crederò ch'ella non dubiterà di tutto ciò; tanto più che se in qualche maniera altri ha giudicato che le Glossopietre crescessero per le proprie radici, le bugardie ed i turbini non debbono averlo fatto; perché di durissimo sasso sciolti si veggono e per ogni verso abbandonati nella tenerissima argilla; se pure dire non si volesse ch'eglino crescano al segno delle grosse bugardie (non rare, non fantastiche, perché io ho delle vere scorze e ne posso inviare le forme) per qualche virtù interna, la quale fermentandosi s'ingrossi, o che so io? Ma non lo crederò; perché del modo ch'io giudico, posso addurre la dimostrazione della cosa e della facilità ancora con che ciò abbia potuto operare il caso, come più sotto mostrerò. Dirò dunque che quelli, ch'ella dice turbini e bugardie, sono stati sempre di quella grandezza formata loro da' veri gusci de gli animali e non furono mai altro che quel che si veggono al presente, cioè sassi prodotti da forma esteriore.

Or chi potrà pacificamente credere che il terreno di cotest'Isola non abbia pietrificato e conservato, ma generato le Glossopietre o, per meglio dire, i denti di tanti animali varij, gli Echini, ossa, vertebre e tante e tante altre galanterie, scorgendo il tutto o a sofistiche sottigliezze appoggiato o sopra mere e debolissime conghietture fondato; quando a favore di chi crede il contrario vi si schierano molte sode e buone ragioni; e se in qualche maniera deboli, deboli solamente per cagione del mio umore; perciocché potendo fortificare la mia opinione con le autorità di bravi Autori, l'ho trascurato?

Ma che dico; forse non è ella cosa più convenevole affaticarci nell'osservare i corpi medesimi che nel produrre autorità, quando ci proponiamo di non far pompa d'avere pratica di libri, ma d'apparire amatori della verità per proprio genio, non perché altri lo persuade? Devono, a mio credere, ambirsi gli aiuti ed il favore ne' delitti e nel foro, non già nelle controversie di filosofia, nelle quali sarebbe sproposito il desiderarli. Diverse sono veramente le maniere usate da coloro che vogliono investigare le cose naturali da quelle de gli altri, che difendono le cause ne' tribunali; in questi hanno forza le autorità de' testi, perché pieni di leggi o buone o di comune consenso patteggiate; ma nel filosofare non v'è Soggetto, per autorevole che sia, bastante a contraddire ad una testimonianza ricevuta da gli occhi per chiara dimostrazione delle cose medesime ch'esaminiamo; certamente chi ha buono palato si persuaderà per ragione che così è non perché altri l'ha detto; onde io mi contento di quelle conghietture, di quelle evidenze e di quelle ragioni che ha potuto suggerirmi l'osservazione brevissima e tumultuaria delle poche cose che conservo appresso di me, e di esse molto mi fido; perché predicano la verità a chi si risolve di credere più alle parole di Dio, che a quelle de gli huomini. "Se Iddio dixit, et facta sunt", ci avvertisce un'erudito Prelato, "certo che mostra il fatto della Natura circa il detto della Deità e quanto deve anteporsi Iddio all'huomo, tanto deve prevalere un'esperienza (una dimostrazione semplice delle cose) a tutti i comenti" .

Stimo però che questa mia semplicità d'elezione sia un principio d'argomento per me favorevole, quasi che non abbisogni grande attratto di speculazioni o quantità di spalleggiatori o grande numero di prove per discorrere di quello che co' propri occhi possiamo raffigurare. Vaglia il vero, mio riverito Sig., chi concederebbe alla buona l'opinione di coloro che assegnano alla generazione la necessità del seme particolare d'ogni parte dell'animale, quasi che fosse necessaria nel seme una porzione di esso, che il naso un'altra, che l'occhio o l'orecchia o la mano ed ogn'altra parte formasse? Alcuno di sano giudicio? Certo che no; perché potentissimi sono i contrarij argomenti, che tal fantasia distruggono; e farebbe mestieri di vivere in una indeterminata disputa, calunniando la più probabile, cioè quella che col seme vada unita una certa tale virtù formatrice (per non dire con Sennerto l'anima propagata del generante) che disponga le parti dell'animale con determinazione naturale, secondo la sua spezie. Parimente, chi potrà acquetarsi all'opinione di coloro che con un fascio di parti similari, sciolte e vaganti da per tutto, vogliono introdurre nell'Universo la possibilità d'una tale generazione di membri particolari, prendendo questa dottrina con tanta superstizione, che non s'avveggano di credere anche le cose impossibili? Vi sia pure, in buon'ora, qualche seme per tutto che dia forma di cose simili per tutto, ma però interamente e che generi nella terra un'intero animale di mare e nel mare un compito animale della terra o un albero; ma non si pretenda ancora che se ne possa generare una parte; perciocché il seme de' composti di necessità deve produrre un corpo con progresso naturale, distendendo le parti dell'animale graduatamente e non per salto. I minimi graziosissimi, vaghissimi e direi anche verissimi Democritici persuadono mirabili effetti in questo tutto, ma con modestia ricevuti; perciocché è credibile, che nell'accoppiamento loro diano un principio di moto e, fermentando se stessi, ci espongano un'intera cosa, un compito animale o un'albero; ma che ne' minimi vi sia una qualità di minimi istessi, che e nel composto e fuori anche da per loro possano produrre una foglia di tal'albero, un membro umano, un dente d'animale, una vertebra, una scorza, un osso, si deve apprendere come opinione fantastica, per ragione che la produzione di simili parti è di necessità posteriore ad infinite dell'altre parti del corpo, e non possono essere assolute, perché prodotte dall'altre. Mi spiegherò; se dassimo noi alcune parti familiari o un'adunanza di minimi atti a generare nella terra ed ovunque s'abbattessero, un'animale, poniamo caso un pesce, certo farebbe che quei minimi o quelle parti similari doverebbono procedere, o tentare di procedere, con la disposizione istessa con che sogliono operare l'altre parti, o minimi, che produssero nell'acqua un consimile pesce, cioè da principio averebbono formato l'uovo e da esso l'animale, o da bel primo un'embrione intero di piccolo animaletto e non una porzione di quello. Ha molta ragione il Colonna; egli s'adira contro de' creduli. "Falsum omnino est ossa in terra esse genita, ut Plinius ex Theophrasto refert; non enim Natura quid frustra facit, vulgato inter Philosophos axiomate. Dentes ij frustra essent; non enim dentium usum habere possunt, nec testarum tegendi, sicut nec ossa ullum animal fulciendi. Dentes sine maxilla, testacea sine animali, ossa unica (non nisi omnia coniuncta cum ipso animali) in proprio elemento Natura numquam fecit; quomodo in alieno nunc potuisset fecisse est credendum? Ossa enim ex eodem seminali excremento ortum habere simul cum animali, ipsa experentia, et Natura docuit, tam in homine, quam in animalibus sanguine praeditis, et ex semine initium habentibus, ac etiam quibusdam alijs; quomodo in subterraneis terrestribus semen hoc inveniri asseritur? Qua experentia? Hoc si daretur, et Hominem sponte oriri esset observatum, vel animalia, ut Bos, Equus, et similia" .

Ma se ciò non si deve con tanta strettezza d'istessità ricevere, bensì di similitudine e di scherzo di Natura, non si deverà ne anche pretendere istessità di produzione, e d'essere. E questo non farà per noi, che discorriamo d'una cosa istessissima ad un'altra, della quale dobbiamo supporre necessariamente un principio medesimo all'una ed all'altra che debba avere conformemente operato. Replicherò a me stesso, che con poca accortezza ho esemplificato il caso con l'esempio d'un animale vivo, quando dalla parte contraria si propongono i minimi per acquetarci la produzione delle Glossopietre nella terra, quasi fossero una spezie di gioie talmente figurate per necessità d'accozzamento delle piccole loro particelle di tal figura; ma non siamo nel caso, e farà forza ritornare al pensamento di prima, per ragione che considerata l'azione della Natura nel produrre le gioie e' sali, ci accorgeremo ch'ella, servendosi di minimi configurati, genererà un corpo composto semplicemente di essi. Il sale sarà così bene sale dentro come fuori; il granato, il topazio sarà granato e topazio per tutto; il diamante ed il rubino lo saranno in ogni loro parte, che vuol dire un'aggregato di particelle simili che, o piccolo o maggiore, compongano il corpo del sale o della gioia, egli è forza che l'espongano d'una stessa figura, non avendo ammesso in compagnia altri corpi, che gli omogenei; l'istesso delle Glossopietre pretendere non si può, essendo elle sotto la spezie de' vegetabili che si compongono di varij corpicciuoli eterogenei per ubbidire a chi sa ordinare la generazione, e la vegetabilità d'un composto com'è la Glossopietra, la quale ha la sua scorza ed il suo pieno variato di sostanza e la sua radice diversa e per tutto in se stessa dissimile, come ogn'altro membro de' vegetabili e sensitivi.

Sarei, ben lo veggo, colto a concedere se non sotto la spezie delle gioie la Glossopietra, almeno sotto la schiera de' vegetabili. Ma questo si è prima discorso che non lo siano, ed appresso anche si mostreranno essere le Glossopietre parti trasportate col terreno, ma non generate nel terreno. Saranno dunque frammenti d'animali al certo. Rimetto la causa e la decisione di essa francamente a cotest'Isola candidissima, che non vuole mica addossati i miracoli finti, essendo bene provveduta de' veri e sodi che la Natura abbondantemente in essa ha depositato, come mostrerò nel luogo della dichiarazione d'alcune sue bellissime medaglie, se piacerà al Signore. Udiamola in cortesia e incolpiamo noi medesimi, se ingannare ci vogliamo. Essa a gli occhi nostri fedelmente parla, affermandoci che la Natura non ha avuto parte di generazione, nella sua marga, di denti, d'Echini, d'ossa, di vertebre, come pur'ora dalle stesse cose l'osserveremo.

Manifestamente si scuopre che le Glossopietre, le vertebre e gli Echini e l'ossa non siano nate nel terreno di Malta, ma trasportate in esso. Da questo indizio, da questa dimostrazione reale. Può la Natura le cose per accidente difettuose produrre; cioè un'animale, un'albero, un frutto; può, dico, l'uno nascere privo d'un braccio, con un ramo mancante l'altro, con parte di se stesso menomata l'ultimo; ma sempre s'osserverà che la Natura supplirà e coprirà quel mancamento con una qualche pelle o scorza, e non esporrà alla veduta la parte, o tronca o difettuosa, come doverebbesi vedere, se il ferro o la mano svelto o separato l'avesse; questo è certo; dunque i sopraccennati scherzi di Natura non furono nel terreno partoriti per la ragione detta, cioè non potrebbonsi scorgere nelle miniere mezze Glossopietre rotte non difettuose, ossa rotte non circondate d'una uguale superficie nel loro difetto, vertebre che additano la loro antica disgrazia, col mostrare il luogo donde rotte furono le spine laterali. Ella l'osservi (a) e raffiguri da se stessa che così rotte, come da principio in cotesto luogo provennero, si conglutinarono nella rocca e nella marga.

Secondariamente facciamo differenza tra' frammenti d'una rocca non trasportati e tra le rene, o pietre, che fragate, cioè agitate dal mare nelle riviere, o che rotolate da' fiumi state siano, osservando i primi irregolarmente angolati e figurati, e l'altre arrotate e private degli angoli; perché strufinandosi or di qua or di là, si sono ridotte facili ad ogn'urto, cioè tonde, o quasi almeno così è; dunque il dente (a) nel cartoccio che rimando non persuaderà egli d'aver corso la fortuna dell'altre parti, che con esso e nel medesimo tempo si conglutinarono? Questi isolato nel loto, e nella rena ammassato, non condanna l'opinione di coloro che il vogliono, dove si vede generato? Porge egli forse dubbio all'occhio che la sua radice si disperda nel sasso? No, no, mio Signore; è egli questo masso un composto di rene fragate e forestiere, d'osso corrotto e di loto e d'un dente, cose di certo venute insieme per testimonij del tutto.

Terzo, se attentamente considereremo il dente (b) che quì si mostra e gli effetti che stando racchiuso nella marga continente egli produsse, ne potremmo cavare buono argomento che ivi non sia nato ne cresciuto; imperciocché immaginandoci noi una cosa tale generata nel sasso, dalla quale possa scaturire un succo abile a delineare nel continente il disegno di se stessa, è necessario ancora il pensare che questa nel suo progresso e crescenza dovesse formare vario disegno, cancellando il fatto prima nel tempo che la detta tal cosa si ritrovava minore in ogni sua parte; se pure affermare non si volesse che il continente potesse aver cresciuto con la cosa contenuta, che sarebbe faccenda arditissima. Così dico io dell'additato dente A. Egli, o stando racchiuso nella marga B, o prima, overo per accidente accaduto avanti, o dopo, mostra molte crepature nella sua superficie verso la base, e per lungo e per traverso, dalle quali, avendo trasudato un qualche umore crasso ed oglioso, impresse nella marga a puntualissime linee ogni sua fissuretta. Non mostra segni il continente d'altri lineamenti più bassi in conto veruno; sempre furono quelle, ed ebbero sempre la loro cagione a se stesse, le dette linee, unita, perché sempre d'una mole ristette il dente d'allora, quando in quella marga, che dopo si rassodò, egli fu stretto; la sua base (tolto che dalla marga venne imbrattata con qualche incorporazione di limo sottilissimo nella superficie) si dà a dividere indipendentemente dal masso; ed in un luogo di detta radice, o base dirla vogliamo, ch'io andai scoprendo, si può riconoscere sostanza differentissima dal suo continente; perché questo è marga purissima rassodata in sasso e la radice del dente si mostra d'osso poroso, e spugnoso, ma di più densa petrificazione.

Quarto, non è leggiera la conghiettura che possiamo ricevere da' denti (a) per altro detti Glossopietre, i quali di mediocre o di notabile grandezza mostrano dalla parte colma vicino alla loro radice un'intacco A secondo la loro proporzione; perciocché ho osservato, che i denti di Lamie e Canicole, e di sì fatte bestie, sono ammontonati uno sopra l'altro (b) ma con ordine tale che la parte colma di una delle faccie del dente, riguarda sempre al di dentro della bocca, ed esposta alla veduta resta l'altra parte ch'è piatta; onde dal moto de' denti, come sopra ho detto, viene in quella parte colma ad imprimersi quell'intacco A nel dente dell'altro che gli sovrasta; e così di mano in mano. Scorgesi insieme la parte della radice che dovea essere piantata, ugualmente porosa; quella parte però del dente, ch'io dico essere un'intacco cagionato dal moto del soprastante, non è ella porosa come ne anche si ritrova ne' denti freschi de gli animali, per ragione che sta fuori dalla detta membrana, la quale abbraccia solamente la radice porosa e priva di crosta, abile per tutto ciò a succhiare l'umore per crescere ed avanzarsi. Faccenda, che c'avvertisce d'essere vissuti prima nella bocca de gli animali, che sepolti in Malta, cotesti denti.

Quinto, deve farsi gran conto della unione di varie cose in un groppo ammassate e con casualità di situazione distribuite; come si può vedere nel sasso (a) , che di denti, d'alcuni bastoncini detti volgarmente di S. Paolo, d'ossa putrefatte e d'un pezzo di guscio di conchiglia striata è composto (quest'ultima però non alterata in sasso, ma sfogliosa secondo la natura di essi gusci, avendone fatto la sperienza in un pezzetto rotto dalla medesima) e si potrà negare, che non siano stati tutti aggroppati dal caso in mezzo alla marga, perché altri non ha potuto dare determinato giudicio de' bastoncini? Toglieremo a gli occhi nostri stessi la proprietà di fedelmente ragguagliarci, per sostentare un'opinione? Non basterà che quel pezzetto di conchiglia sia vero guscio di conchiglia, e che il dente sia dente naturale, come se ne potrà osservare un consimile di Canicola? (b) E se pure ciò non basta, le prometto poco appresso darle notizia dell'essere de' bastoncini.

Sesto, data la generazione di qualche corpo petreo nel sasso, io vo pensando il modo come s'avanzerebbe: cioè a dire: se un corpo simile ad un melarancio si supponesse generato nella rocca, crederei ch'egli s'anderebbe avanzando o tutto ad un colpo, overo pian piano per qualche disposizione fermentativa, in un masso di pietra a similitudine del proposto melarancio. Ella sarebbe pazzia credere ch'egli si potesse aumentare da un lato e dall'altro, circuendo con le due metà di se stesso fino al segno di compiere il suo cerchio e di terminare la figura conveniente d'un tal frutto, abbracciando in se e racchiudendo parte di quel sasso nel quale nacque. Vegniamo più da vicino al nostro. Se pure stimare si dovessero nati gli Echini in coteste rocche, come doveremmo noi pensare il loro avanzamento in quelle? Forse che il seme Echinario di sole scorze andò circuendo la sostanza della rocca e così perfettamente poté compire la figura determinata alla spezie de gli Spatagi? Non lo so, e non lo credo, ne anche se mi verrà risposto di sì; perché almeno dovrebbe (che pure lo negherò) darsi a vedere tutto in un pezzo intero di sasso sodo in tal figura, non una scorza piena della sostanza medesima del continente, come mostra l'Echino Spatago, che rimando (a) . Egli è certamente la più chiara, la più sicura dimostrazione che si possa desiderare per coloro che rintracciano il vero, non impegnati all'affetto di magnificare anche le immondizie del suolo patrio; perciocché, come dissi, mostra manifestamente essere stato un guscio d'animale, il quale imbrodolato nella marga, e di essa ripieno, avesse patito qualche sconciatura allora, che questa rassodandosi diedegli carica tale che poté opprimerlo tanto quanto il di dentro, costipandosi ancora, fosse stato atto ad impedire una maggiore oppressione; chiaramente egli lo mostra nelle sue molte rotture, e particolarmente ne' lati segnati A. B. e C. D. perciocché avendo ricevuto la carica dal punto E. ad F. di necessità alternatamente la superficie A. D. diede luogo al B. C. che appostatamente abbandonarono la parte contigua, per togliere ogni equivoco di pianta sassea; che al certo, se tale fosse stata, anche da tenerina dovea poter sopportare la soprastante mole.

Settimo, osservi di grazia la bocca d'una Lamia, overo d'una Canicola, e vedrà che i denti tutti corrono in tal disegno, che uno della mascella sinistra non potrà adattarsi alla destra della stessa, perché disordinerebbe la situazione di quelli, che di necessità concorrono ed inclinano con le sommità verso la gola, come poco fa si è detto. Di maniera che affermare si può, ogni volta che abbiamo un qualche dente sciolto e lontano dal suo sito in mano; questi è dente dal lato dritto, quest'altro del manco, senza il dubbio di far errore. Puntualissimamente corrispondono le Glossopietre di Malta, e d'altrove, delle quali io ne conservo appresso di me molte inclinate all'una ed all'altra parte non poche, cioè diritte (a) e manche (b), il che ci assicura che furono denti attaccati o alla parte destra o alla parte sinistra nella metà di sotto, overo tutto al rovescio nel di sopra della bocca delle Lamie, Canicole, etc.

Ottavo, con non minor'evidenza ci persuade il sasso (a) inviatomi dalla sua cortesia, che graziosamente rappresenta la figura del fiore gelsomino; il quale, benché per essere sgranolato intorno, poteva impedirmi la cognizione dell'intero suo disegno; nulla di meno mi fe accorgere ch'egli costa di due lamine di materia conforme a tutti gli altri gusci di testacei petrificati. L'unione però di quelle due grossezze che formano la figura d'una sottile piastrella a prima vista mi diede da pensare; quasi che non fosse stato corpo capace ed abile, che avesse potuto racchiudere l'animale. Pure attentamente rimirando ogni sua parte, compresi dall'esattezza e puntualità della figura, ch'egli era un corpo certamente non dal caso composto, ma dalla Natura generato e petrificato dopo d'avere terminato il vivere nel numero e nella spezie de gli

Echini. Credei qualche tempo che l'unione delle due grossezze, che come dissi negava l'osservazione del luogo in cui si potesse assegnare il vivente, fosse stato effetto d'una qualche oppressione; ma vissi ingannato; perciocché capitandomene un'altro della stessa fatta da cotest'Isola, incorporato al sasso per la parte di sotto, conservato ed intero perfettamente nella circonferenza, m'accorsi ch'egli era guscio d'un Echino di tale spezie. Sono gli Echini, come riferisce Ateneo nel terzo de' suoi Libri per mente d'Aristotile, di più e più spezie; e creder dobbiamo che ve ne siano di molti de' quali non ne abbiamo cognizione; ma di quelli che a tutti sono comuni, possiamo osservare grandissima varietà; perciocché alcuni sono quasi globi perfetti da ogni lato, altri alquanto oppressi dalle due parti che diremo poli, altri da una sola parte un poco ricavati ed anche rialzati dall'altra; e variamente di più spesse, di più rade, di più grosse e di più sottili spine. Questo dico non solamente de' semplici Echini, ma pure giudico che vi sia differenza notabile ne gli Spatagi e nell'altre spezie ancora, se sotto d'altro nome l'hanno determinato gli scrittori; ed intendendo io per Echini tutti quelli che sono armati di spine, non baderò alla puntuale loro dinominazione. Osservo sì bene in essi che la madre Natura ha loro assegnato una tale necessità di parti interne, ch'è forza ne risulti nelle coccie e fuori un'ordine in cinque diviso, o di parti, come ne' semplici, overo di puntuale lavorio ne gli altri tutti, a similitudine di quello ch'ella chiama fiore di gelsomino, il quale invero m'ha fatto sentire l'odore soavissimo della verità. Or'avendo osservato tutto ciò d'alcuni altri Echini, ch'io conservo appresso di me impietrati (a) , tra' quali ne riconoscerà molti non descritti da gli Autori; dico, che non m'oppongo alla verità nel credere che il proposto sasso (b) sia stato un'animale; e lasciando da parte l'osservazione delle piccolissime mammellette (c) che per tutto il corpo con l'aiuto dell'occhialetto si veggono, che pur'è un'evidenza ch'egli fu adornato di sottilissime spine, verrò a più chiare dimostrazioni. Gli Echini tutti, la figura de' quali è rotonda, hanno la bocca perpendicolarmente sotto del punto superiore del corpo. Raffiguri ella tutto ciò nell'altro sasso (d) al quale io, per chiarirmi della verità, con gran pazienza tolsi l'impedimento del sasso e riconobbi la parte per dove di necessità dovea nutrirsi, corrispondente al punto in cui s'uniscono quelle linee che compongono quel bel disegno di sopra. Non contento di tutto ciò, rottolo per mezzo (e) ravvisai con mio stupore le cellette ed officine A. necessarie al vivere e stazione dell'animale, in quel breve spazio talmente artificiose che diedi nell'esclamazioni, dicendo: o quant'è provida la Natura, o com'è bella la verità! L'una non ha avuto ne averà penuria di sapere operare; l'altra sempre è feconda di dimostrazioni a segno tale, che ho per certo che chi non la conosce o ha difetto naturale overo l'imperfezione d'impugnare la verità conosciuta.

Si soddisfacia V. S. Questo è il disegno puntualissimo d'un sasso bianco da cotest'Isola inviatomi (a) il quale conserva una parte di mascella con tre denti incassati. Non mancherò di farglielo capitare, acciocché goda in esso un composto di sassolini, conchigliette ed anche qualche dente di quei tondi, volgarmente detti occhi di serpi; sopra tutto fa al proposito della mia prova il vedere replicato uno, due e tre denti; e questi con le loro radici fitte gagliardamente nell'osso A. mascellare, che impietrato mostra anche nella parte rotta la midolla alquanto spugnosa, a differenza della crosta di fuori ch'è d'osso più sodo e ligato. Bellissima cosa a vedere; perciocché s'oppone a coloro che non vogliono servirsi de gli occhi in tante altre testimonianze. Egli è certamente questo sasso una parte petrificata d'un qualche animale, e tale che ogn'uno di sano giudicio così l'affermerà: "Ex ipso aspectu, effigie rei, et tota substantia: ac neminem – riscaldato per altra consimile verità scrive il Colonna – censemus tam crassa minerva natura, qui statim primo intuitu non affirmarit dentes esse osseos, non lapideos"; e con tanta più ragione quanto che non sono privi della parte mascellare, nella quale crebbero con progresso e disposizione non sofistica ma naturale.

Decimo. Ecco una delle serpi di Malta (a) , non già di quelle che perderono il veleno per miracolo del Glorioso S. Apostolo Paolo, ma delle vanamente stimate impietrate, cha a' troppo semplici pure riescono velenose alla fantasia ed infeste alla verità. Furono, senza dubbio, non serpi ma gusci d'alcuni vermini di mare, come bene osservò l'Aldrovandi, che ne figura alcuni al Terzo De Testaceis , ed io li trovo copiosissimi nelle nostre rocche, anzi nella parte chiamata il secco del Porto della città di Messina, attaccati a' sassi con sì bizzare ritorte che spiegano graziosamente i molti e stravaganti avviticchiamenti delle vere serpi. Chiamansi volgarmente qui da noi Vetri di mare, ed io n'esporrò alcuni in disegno (b) acciocch'ella vegga che la spezie è l'istessa, e dalla loro corrispondenza possa comprendere la verità, cioè che dal mare furono ributtati cotesti che si veggono ne' tufi in qualche tempo, e lasciati nell'isola insieme con ogni altra cosa che alla giornata si scorge.

Per ultimo. Il più nerboruto argomento di quanti mai se ne possano accumulare, e più certo di qualunque dimostrazione Matematica a mio senno si è. Che le cose inviatemi per dissuadermi, e procurate tali e a tal effetto da un suo pari, ed insieme per istabilire il contrario di quel ch'io sostento, m'hanno dato tanto lume per confermarmi quel ch'io era prima; quelle dunque che potrei scegliere da coteste rocche io, che preoccupato non sono da opinione alcuna, renderebbono con la loro testimonianza indubitatamente il tutto per robba forestiera ammassata costì nel tempo che fa Iddio; e perché questi volle che da per tutto vi fossero segnali della sua giustizia e della facilità con che può gastigare l'ingrato genere de gli huomini, perciò in mille luoghi ci mostra che il mare a' suoi cenni è stato ministro ubbidiente anche contro la condizione propria, viaggiando sopra gli altissimi monti ne' quali per ogni passo ha lasciato i riscontri per rinfacciamento di chi non crede il potere del suo Creatore.

Quindi noi caveremo e ragione d'ammirare la potenza dell'Onnipotente e la certezza, se pur'è possibile, del nostro lecito, virtuoso ed onorato litigio; osservando con ischiettezza quel che ha lasciato il mare nelle montagne di Messina e ne gli altri luoghi sopraccennati, anzi per tutto. E prima facciamo reflessione alla qualità del sito e alla sua composizione.

Sono eglino, per lo più, questi nostri monti di ghiaie, rene mezzane e minutissime, rialzati a tale segno che sovrastano modestamente alla Città che vagamente coronano. L'ordine della loro composizione è questo, cioè un suolo di ghiaie a cui s'aggiugne l'altro di rene ordinarie, e sopra di questo il terzo di minutissime rene; e ciò con ordinanza continuata, perciocché di nuovo sopra la sottile rena scorgersi rassettata la ghiaia e susseguentemente sino alla sommità. Le linee descritte dalla varia qualità delle rene sono orizzontali, se non quanto pendono un poco verso la Città ed il mare; rialzandosi dalla parte verso terra, per cagione, cred'io, che la base o piazza di sotto, sopra della quale posarono le descritte rene, fosse stata da principio con una tale inclinazione declive verso il mare. Il tutto si scuopre dalle rotte fatte da' torrenti, che ne' medesimi monti si generano per gran pioggie e ci lasciano i solchi e la comodità di conoscere l'ordine già detto.

Quel che osservo con istupore, si è il vedere replicato più e più volte l'ordine delle rene grosse, mezzane e minute; ed è forza conchiudere che con più cappate di materia forestiera fossero ridotti alla grandezza che li veggiamo. Io pretendo, che possiamo conghietturare con prudenza la maniera tenuta dal caso nel comporre in un qualche tempo i suddetti monti, se abbracceremo il consiglio, anzi il comandamento, che ci dà il secondo tra' sapienti Solone appo Stobeo , De Rebus ignotis; egli vuole "per notas, et evidentes, coniecturam fac". Questa è una strada facile; perciocché ricorrendo noi all'osservazione delle maniere con che sogliono procedere i gran torrenti, ne conseguiremo un'intera soddisfazione. Eglino secondo la piena dell'acque portano con esso loro quel che incontrano; in luoghi però ove possano dilatarsi, perdendo la ferocia del corso loro, le acque posano e discaricano i corpi involti in quel fluido e trascinati dall'impeto, ma con un'ordine necessario, cioè i corpi di maggior peso sotto, i meno gravi sopra e sopra di questi i più leggieri; il qual'ordine sarà replicato dalla cagione medesima più e più volte, secondo le pioggie che con intervallo mancano e ricominciano. Or da ciò io cavo la ragione di determinare forestiera la materia che le nostre montagne compone; e certamente elle piantate furono, nel sito in cui le scorgiamo, da una qualche grandissima inondazione, la quale secondo la piena ed il riposo avesse portato e rilasciato il peso più e più volte ondeggiando.

Questa osservazione m'ha intorbidato il concetto, ch'io formato avea, circa la cagione di vedere ne' monti gusci ed animali di mare insassiti: avendo per lo passato creduto la generazione di essi in laghi salsi fra terra, overo ne' fiumi che per accidente nel progresso de gli anni mancati fossero; e gli altri riscontri tutti m'hanno avvertito ch'è stolidezza il non escludere affatto un simile concetto; onde confesso d'essere stato in errore per qualche tempo, per non accorgermi ch'egli è uno sproposito assegnare ne' fiumi e ne' laghi Lamie, Canicole ed infinite altre grossissime fiere delle quali ancora durano i frantumi impastati nelle rocche e ne' tufi, che senza dubbio d'equivoco veggiamo insieme co' coralli e conchiglie di tutte le spezie, Echini ed istrici d'ogni sorte. Animali invero e piante non proprij di laghi o fiumi, come più appresso ella sentirà; perché ne ho fatto alcune particolari osservazioni, ch'evidentemente ce lo dimostrano. Per ora conchiudo, che ogni cosa sia forestiera, e così la discorro perché tale la veggo, ne so tante filosofie. Ne so come poté giungere tanto fra terra il mare; non so se ciò accadde nell'universale diluvio o in altre speziali inondazioni. Io neanche so, se questo animalaccio del Mondo (al parere d'alcuni che tale lo stimano e gli hanno osservato fino il moto della budella) in un qualche tempo, stancato di stare sopra un fianco, si fosse rivoltato dall'altro ed abbia sepolto a' raggi del Sole l'altra parte, ch'era sott'acqua, piena di tante immondizie del mare; non lo so; ne so la strada di saperlo; anzi non la curo. So sì bene che i coralli, le conchiglie, i denti di lamie e di canicole, e gli echini etc. sono veri coralli, vere conchiglie, veri denti, gusci ed ossa petrificati sì, ma non di pietra formati. La composizione del terreno me lo persuade a viva forza e mi sembra impossibile, abbandonando il sentiero mostratomi da gli occhi, di poter arrivare a qualche cognizione di verità. Lucrezio da parte del grand'Epicuro mi certifica che il mio è il miglior partito d'ogni altro:

"Invenies primis ad sensibus esse creatam

Notitiam veri, neque sensus posse refelli" .

Passiamo alla particolare qualità del sito. Non sono tutte le colline, che compongono questi monti, di rene sciolte, perché in molti luoghi si veggono ammassate nella consistenza di fortissima rocca ed in altri di mediocre durezza e spesso di bianco tufo, overo di marga poco pura. Da per tutto però si potrà notare o l'ordine detto di sopra, overo linee di varij corpi e colori, ma ogn'una di esse orizzontalmente descritta.

Ne meno tutte, ancorché vicinissime, sono abbondanti di conchiglie e d'altri gusci; ma a salto, or quel colle or quell'altro; il che mi conferma nell'opinione che intorno a ciò ho avuto stimando che i volvoli dell'acque posati l'avessero rialzate, e con quella casualità di sito.

Fonti non ve ne sono, che possano, secondo altri, aver petrificato quel che si vede insassito. Che di essi si possa presumere generazione sassea è vanità, e per quel che si è detto, e per quel che appresso osserveremo, ed anche per la ragione che molte colline di sciolte rene espressamente lo niegano. Queste sono parimente ripiene di conchiglie, gusci ed infinite altre e sì fatte cose non petrificate, che pur si sarebbono impietrate come l'altre, se la materia continente overo la natura del luogo concorsa vi fosse. Affermo ciò dal vedere che qual si sia corpo petrificato ha ricevuto più e meno, a proporzione del suo continente, la consistenza, e durezza. L'Echino insassito nel tufo non è forte come un'altro Echino petrificato in una rocca di dura pietra; di maniera che secondo la natura ed attività del luogo, come diceva, overo secondo la disposizione della materia che abbracciò i detti corpi, questi a gran segno si petrificarono in alcuni luoghi ed in altri meno, e in molti restarono quai sempre furono da principio. Quindi si può dedurre che si come i non petrificati si sarebbono ridotti in sasso, se sortito non avessero le sciolte rene; così quei corpi induriti nelle rocche e ne' tufi non si sarebbono insassiti, se nelle secche rene, come gli altri, fossero stati sepolti dal caso nell'accidente per lo quale furono in terra trasportati.

De gl'uni e de gli altri desidero ch'ella ne formi quell'idea ch'essi meritano, ch'io per dividerli separatamente gliene invio alquanti (a) al miglior modo che il luogo ha saputo custodirli. Sappia però che non si ferma qui il numero e varietà delle spezie delle cose da me trovate in queste colline; perciocché ne ho scelto solamente alcune più conservate e speziose; come pure ho fatto d'altri luoghi; e s'accorgerà per esse che il tutto concorda e che da ogni parte possiamo ammettere un'istesso argomento.

Così parimente riceverà alcuni de gli altri gusci che in grandissima e varijssima copia si cavano da' monti di Calabria (a) . Ma con particolare attenzione la priego a fermarsi in alcuni sassi, o per meglio dire in alcuni corpi di mare petrificati, che ho scelto di mezzo ad una infinità d'altre cose cavate nel colle, che rialza considerabilmente nel capo della città di Milazzo (b) recatami dall'affettuosa cortesia del Sig. Dot. Gio: di Natale, virtuoso di costumi moralissimi e d'ottimo palato, e professore di buone e belle lettere. Ella non curi delle tre conche, cioè della semplice, della chiamata Concha pictoris e dell'altra striata, ancorché della fatta di quest'ultima non se ne veggano, ne leggano descritte da gli Autori; ma consideri sopra tutto, e raffiguri nella stessa Tavola, un opercoletto di lumaca marina A., detto pietra di S. Margherita, ed anche un Milleporo B. petrificato, che per me sarà impossibile che la Natura generante scherzi di sasso, scherzi con tanta puntualità in tutte le cose e con insoffribile bizzarria formi infiniti opercoletti per applicarli alle lumache impietrate che ne sono prive. Di tali coperchietti io doverò parlare più sotto; onde sarà meglio impiegare il tempo in alcune particolari osservazioni delle cose che ho trovato nelle colline di Messina, che forse meritano la sua compiacenza.

I. È una gran conghiettura il non vedersi in queste nostre colline, che sono di qualche altezza, denti grossi come cotesti di Malta, ma solamente alcuni pochi e piccoli, overo le mere scorze de' più grandicelli. Noi abbiamo già considerato la qualità de' denti che si trovano nelle bocche delle Canicole e simili; e se ella bene si ricorda, una tal bestia conserva nelle ganasce molti e molti denti solamente induriti nella scorza, ripieni d'un umore mucilaginoso; quindi mi pare che dobbiamo comprendere, che i quì trovati da me furono denti che restarono nella sommità, perché di quei vacui e leggieri, essendo anche molle e tenerissima la marga; il che corrobora quel che si è detto in risposta del vedersene tanta moltitudine in costest'Isola ch'è quasi piana.

II. Ho rotto quantità grandissima d'Echini petrificati e d'altri corpi che di loro natura sono vacui, e dentro non v'ho trovato altro se non che semplice marga simile al continente, che il guscio tutto circonda; overo corpi estranei, cioè rene, sassolini, frantumi di conchiglie, spine d'istrice marino e simili altre cose; ma non ho mai veduto, e pretendo che altri ne meno lo vedrà, che i corpi introdotti ne' gusci sian maggiori di mole che di necessità essere doveano per entrare in una de' buchi de gli Echini. Ciò prova che, corrotta la membrana che stava ne' due centri di detti gusci, diede l'adito alla tenera creta d'entrarvi con quei corpi che il caso le parò avanti, abili a potersi introdurre per quei forami.

III. Maggior chiarezza ci daranno le vertebre, che per tutto si trovano simili a coteste di Malta. Eccole (a) . S'osservi ch'elle mostrano il luogo donde si disgiunsero le spine laterali; egli è vero, ma non si ferma qui la mia osservazione. Dobbiamo prima ricordarci del disegno della spina tutta d'un qualche pesce, ancorché fosse comune a tutti la cognizione ch'ella consti di molte vertebre legate una dopo l'altra, alla quale stan fitte le spine. Ho notato però, che quelle vertebre, che dalla testa concorrono fino al termine del luogo che racchiude le interiora dell'animale, dalla parte di sotto, raddoppiano quasi coste le spine, continuando nello spazio d'appresso con un sol filo di spine, come tutto il disopra che diremo schiena. E d'avvertire che (tolte le spine, che abbiamo coste) ciascheduna dell'altre, benché abbia principio doppio nella vertebra, immediatamente una sola spina rappresenta; ma in quelle che nel di sotto fanno l'uficio di costole, ciò non s'osserva, perché per esse non passa quel nervicciuolo, o umore che si sia, che la Natura stimò necessario introdurre per mezzo della radice dell'altre spine; anzi s'allontanano le basi di esse non poco una dall'altra, come nella figura V. l'une e l'altre potrà vedere, che pure ho espresso per torla d'impaccio. Esaminiamo ora le vertebre petrificate. Alcune di esse mostrano quel che devono, cioè, i luoghi donde si svelsero le spine ma con la necessaria e puntuale corrispondenza a tal segno, che le segnate II. III. e IV si riconoscono per vertebre d'animali che un tempo vissero, situate nel luogo al quale sottostava il petto; e l'altra segnata I. di quelle verso la coda: e che più dobbiamo andar cercando? Fors'egli è difetto del mio cervello, che non sa discorrere altamente delle cose naturali e perciò inacapace di comprendere quel che altri sente? Può essere; ma gli occhi io so che furono un gran dono del Creatore, a chi se ne sa valere.

IIII. Tra le cose (parte delle quali ho mostrato nella Tavola XIIIIXV) cavate in una valle detta dello Sperone, vicino la Terra Varapodi di Calabria, dieci miglia lungi dal mare, ho riconosciuto oltre d'infiniti altri curiosissimi gusci, tutte le spezie de' dentali o antali conservatissimi (a) non occorre ch'io li descriva; perciocché l'Aldrovandi, nel Terzo De Testaceis, li mostra puntualmente espressi da varij Autori. "Silvatico vero — egli scrive — Dentales sunt ossa satis alba, quae dentes caninos referunt, quibus tamen, inquit, longiores sunt inanes intus, et perforati: oriuntur in cavernis lapidum in profundo maris)(quidam Dentale, et Antale non forma, ut Brasavolus, nec aliter, sed magnitudine tantummodo distinguunt. In Germania, inquit Zoographus, pharmacopolae Germani tabulos quosdam ostendunt, veluti osseos candidos formae teretis striatae, una, aut altera linea transversa inaequali ambiente, praesertim in minoribus: maiores ad quatuor digitos excedunt. Longitudo non omnino recta, sed modice inflexa est, dentis canini instar, substantia praedura est, non ossea, sed aliorum testaceorum substantiae similis". Più sotto: "Valerius Cordus vocat Entalium, aitque esse testaceum quoddam marinum, fistulae modo longum, et concavum, foris striatum, longitude digiti non transversi, sed secundum longitudinem)(post marinos aestus, inquit Brasavolus, supra maris litora inveniuntur". Io credo di non essermi ingannato, equivocando nel nome; perciocché questi sono istessissimi a' descritti e portati dall'Aldrovandi.

Or dalle parole de' sopradetti Autori possiamo assicurarci ch'eglino tutti determinano i dentali per testacei, i quali "oriuntur in cavernis lapidum in profundo maris", e non giungono nelle riviere se non che "post marinos aestus". Quindi, si come non dobbiamo determinarli generati nella terra o ne' laghi; così all'incontro stimar dobbiamo, che questi giunti fossero tanto addentro nelle campagne e ne' monti della Calabria, insieme con infinite altre cose del mare, per ondeggiamenti terribilissimi e tali al sicuro, che di ragione non restò testimonio vivo che avesse potuto tramandare in iscritto la relazione dell'ora precisa nella quale accadde nel Mondo una tanta disgrazia, a coloro che non si soddisfano della testimonianza ed autorità di tanti corpi proprijssimi del mare, che giurano di non essere nati ove li veggiamo.

V. Per l'avvenire l'errore continuo e populare (qui da noi) nel chiamare bocche le branche grosse, che sembrano tanaglie, del Granchio sarà condonabile; perciocché questa, che mostrerò (a) , parla da dovero anche ridotta in sasso. Ella dice: che nel tempo che si sentiva oppressa e stretta dalla carica e da un'infinità di corpi, per rabbia addentò quel che se le parò avanti, come infatti fortemente l'ha mantenuto, per persuadere lei a mutare opinione. Non ha essa attanagliato una conchiglia striata? Sì, per certo. E per certo anche stimo, che alcuno non potrà pretenderla nata nelle rocche delle colline di Messina, senza incorrere nel peccato d'impugnare la verità conosciuta.

VI. Il sasso ben sodo (a) che con altra mia spiegai, ora mi porge un nuovo motivo; perciocché egli non solamente mostra impressa l'operazione del disordine, che non suole ricevere prescrizione di come situare le cose e di quali cose, confondendo in un groppo molte ossa simili a' stinchi d'animale, conchiglie semplici e striate, turbini con casuale posizione e molte conchiglie petrificate e non petrificate, la qual cosa tanto ella ha desiderato di vedere; ma anche per maggior sua soddisfazione mantiene alcune conchigliette che, per essere rimaste vacue di loto, conservarono ben custodito l'animale petrificato dentro, rimirandosi manifestamente le membranuzze necessarie e proprie di quello. Mi dispiace però, che non posso portare in disegno una veduta talmente graziosa la quale, quanto apporterebbe di compiacimento a chi l'osservasse, altrettanto riesce a me di dolore che non trovo il modo d'esprimere su la carta, per appagare gli occhi di tutti, quel che si scorge da una piccola rottura A. della detta conchiglia, con l'aiuto della trasparenza del guscio; ad ogni maniera mostrerò un'altra che io voglio dire evidenza. M'accorsi, considerando l'intesso sasso e dividendolo in pezzi, che molte conchiglie sono ripiene della materia del suo continente, altre B. mezze ripiene ed alcune vacue con l'animale dentro, come s'è detto. Le mezze ripiene B. sono o d'ingemmamento lucido, a guisa di cristallo, overo d'una materia alquanto impura e torbida. Io per ora non so se fosse acqua pura congelata quel che veggiamo d'ingemmamento e limo delicatissimo quel de le altre; so sì bene che l'une e l'altre conchiglie mostrano il sedimento dalla parte di sotto orizzontalmente, tutto che stiano di qualsivoglia positura fermate nel sasso; necessità è questa de' corpi liquidi che gravano, i quali si livellano tutti per un verso, non dovendo in conto alcuno ubbidire al disordine della giacitura del recipiente. Il tutto ci obbliga a conoscere la verità, se pure altro fine non abbiamo avuto nell'intraprendere questi discorsi. Ella consideri da se il tutto nel detto sasso, perché io non mi fermerò punto a dirne altro ed abbandonerò insieme la considerazione de gl'ingemmamenti per passar'oltre, ancorché gliene proponga molti (b) che appresso di me conservo in conchiglie, Echini e turbini, per darle motivo di discorrere della qualità del corpo che produce l'ingemmamento; ma in qualche altro tempo ne dirò alla buona quel che ne sento.

VII. Il Corallo, come vogliono gli Autori e la continua pratica c'insegna, non è mica pianta di lago o di fiume. Egli appartiene propriamente al mare, e spezialmente a' mari profondissimi. Io ne trovo molte branche ben ramificate nelle nostre colline, imbrogliate insieme con gli Echini e conchiglie etc. ed ho osservato qualche parte de' detti coralli calcinata e rotta, e tutta la superficie priva di colore ho raffigurato; ma nel di dentro (ne' pezzi grossi però) pure si conserva una certa tal tinturetta incarnata, che ci assicura ch'egli era di colore rosso, come i coralli tutti della sua spezie; il che ci mostra con chiarezza primieramente che il tempo si fosse adoperato per lo suo annichilamento, secondariamente che gli accidenti ed il luogo concorsero alla sua distruzione, non già a generarne a similitudine del mare; con tutto ciò, tra tanta rotta quantità che se ne vede, ne ho cavato una rama non affatto intera ma ben conservata in riguardo del tempo. Ella la consideri (a) .

VIII. Le nostre colline non sono contente di farci vedere coralli comuni mezzi calcinati e rotti, ma anche de gli altri fistolosi in buon numero, sì bene più maltrattati de' primi — colpa della loro composizione naturale ch'è di minor consistenza. Ad ogni maniera, avendo usato qualche studio, ne ho esatto da un solo pezzo di tufo quattro branche che, prima d'aver patito, una sola rama di corallo fistoloso certamente formavano; che è gagliardissima conghiettura. Queste incassano benissimo una con l'altra com'ella vedrà (a) , e nel medesimo tempo si compiacerà di por mente alla figura delle stelluzze ed al grado di fortezza differente dall'altro detto di sopra, che osserverà il tutto essere anche corrispondente a' coralli del mare; la qual cosa conchiude che vi furono anche questi una volta.

IX. Ciò non basti. Non niego d'essere stato per qualche tempo d'opinione che quei corpi che noi veggiamo dentro i sassi a guisa di stinchi d'animali fosser'ossa, come una volta le scrissi; ma, o Dio buono, non è egli vero, ed apertamente il confesso. Sono pezzi di corallo articolato; eccone una bellissima rama (a) che de' pezzi non molto lontani uno dall'altro trovati nel tufo ho composto e l'ho considerato con la guida del giudiciosissimo Imperato. Or'esaminiamola insieme: "Al corallo articolato — egli scrive — si dà questo nome da gli annodamenti che tiene simili alle giunture de gli animali; è vegetale fisso a' scogli e ramoso nel modo de gli altri coralli, composto di pezzi simili de' stinchi d'animali sanguigni, de' quali l'uno all'altro con profondi articoli si congiunge" . Riscontriamo minutamente questo de' monti con le seguenti parole dell'Autore medesimo, che non averemo di che dubitare. "Sono dunque detti pezzi di figura diritta nodosi nelle teste e striati nella superficie per lungo". Il tutto corrisponde. "Di sostanza densa e bianca, forati solo con un sottil meato diritto nella parte intima che è via della midolla, che facendo principio dalla radice per tutti li rami si comparte". Nello rotto A. B. C. chiaramente si scorge. "Sciogliesi la grossezza di ciaschedun'osso in più tuniche manifestamente". Questo è chiarissimo (b) . "Percosso facilmente si fende per lungo nelli stessi coralli, oltre delle dette parti che sono invece di osso e che, ove si giuntano, vi è una grossa corteccia bianca, di sostanza similmente corallina continua, che la pianta tutta veste". Ciò non possiamo mostrare nel nostro corallo; il che pure si è un'esquisitissima conghiettura; perciocché il tempo gli ha disfatto quella parte esteriore che l'Imperato dice corteccia, che anche dovea essere, come ne gli altri coralli, debolissima e facile a corrompersi; e perciò stimo impossibile scontrarci in qualche intera rama, come ne gli altri. Pure, come ho detto, colui che sarà avvertito di raccorre e d'unire i più vicini de' pezzi che nel tufo ritroverà, potralla componere; conciosiaché facilmente incasseranno, essendo da una medesima rama caduti. Soggiugnerò solamente: che se quella rama di corallo dell'Imperato nel mare dell'Isola di Maiorca nacque e si pescò; questa delle nostre colline, se bene ha oscurissima l'origine e donde pervenne fra terra, molto evidenti mostra però i segnali d'aver patito e di non essere stata generata in quel luogo, dove smembrata e sepolta la cavai e raccolsi.

X. Se gran motivo di dubitare della sua opinione mi diede (come con altra mia le ho avvisato) il vedere in una parte di queste colline, oltre la gran varietà delle cose e gran mescolanza di corpi che si scorgono, un sasso che in un groppo solo conteneva scheggie di conchiglie, una conchiglietta intera ed una spina di pesce con alquanti pezzi di corallo articolato (da me in quel tempo stimati ossa d'animali) con anche una parte di conchiglia, detta dall'Aldrovandi imbricata, e simili altri frantumi. Ora con gran ragione non mi devo arrossire, se la sento affatto in contrario; perciocché alcuni sassi che ho cavato mi comandano ch'io il dica apertamente. Consideriamoli; sì bene dopo che averemo formato la necessaria e perfetta idea dell'Istrice marino. "L'Istrice marino si trova ne' mari profondi", scrive l'Imperato ; e l'Aldrovandi : "Echinus è mari rubro aculcis longissimis". Noi diciamolo Istrice, per distinguerlo nel parlare da gli altri Echini, e chiaminlo come loro piace gli Autori. Egli è però vero che nelle profondità del mare si trova, ma non con quella necessità di farlo trasportare dal mar Rosso; conciosiaché ne' golfi che bagnano la Sicilia si pesca, benché di rado per l'incomodità di pigliarlo; pure per molta diligenza da me usata ne ho ricevuti alcuni, ed ebbi l'agio d'osservarli a mio modo e forse con più esattezza de gli altri, perché più di tutti era obbligato di conoscere ogni sua parte. Ella consideri (a) il corpo tutto dell'Istrice; questi è diviso in cinque parti uguali; qualunque della parti contiene due ordini di spine più e meno lunghe, situate in maniera che nel moto l'una non impedisce l'altra. Al d'intorno di ciascheduna delle spine vi sono altre piccole spine che coprono la radice delle più lunghe, le quali in tutto giungono al numero di settanta. Spogliato però di tanti imbarazzi, meriterà d'essere disaminato più attentamente; perciocché egli mostrerà (b) che le parti sono unite graziosamente una con l'altra, la sutura delle quali serpeggia proporzionalmente con più e meno inclinazione, secondo la misura che richiede il vicino lavoro; questo in quattordici circoletti non tutti uguali, circonscritti da minutissime punte, compartisce ciascheduna quinta parte del tutto. In mezzo de' circoli anche alcune mammellette a proporzione della circonferenza si godono, sopra delle quali mammellette raggiransi quasi sopra d'un perno (c) o ganghero le spine sostenute da membranuzze che le circondano. L'ordine, con che una parte dall'altra si divide e la spina dalla sua mammelletta si rilascia ogni volta che le membrane si corrompono, è questo (d) .

Or passiamo a' sassi. Nel primo di questi (a) , che d'un miscuglio e di varij corpi disfatti è composto, si scorge ligato un'Echino intero A. privo delle spine, una conchiglietta B. ed una delle cinque porzioni di guscio d'Istrice marino C. Nel secondo, ch'è tufo (b) più gentile, si vede anche un piccolo Echino D. oppresso ed il guscio d'un'altro Istrice E. pure oppresso, con alquanti pezzetti di conchiglie striate e molte spine che, a guisa di colonnette gentilmente striate, sono disperse con casualità nello stesso tufo. Non ci fermiamo nell'Echino del primo sasso, ancorché infiniti contrassegni a mio favore egli mostri. Non curiamo vederlo pieno di frantumi di conchiglie alquanto più conservate che non sono l'altre che formano il continente; ma consideriamo nella parte dell'Istrice C. della prima figura l'ordine del lavoro, e come e con quanta bella grazia va raccogliendo se stesso ed impiccolendo il suo disegno per ritrovare il centro da' capi e da' lati la circonferenza; che se pure altro non potessi mostrare, tanto basterebbe per veder'ella condennata l'opinione che ha avuto de' sassi figurati a mammelle (c) inviatimi quasi per prova, ch'eglino fossero stati sempre mai quel che sono, cioè sassi; parendole impossibile che si possano determinare ad altro che ad uno scherzo della Natura. Eccole (c) .

Se questo non finisce di contentarla, si persuada con l'altro più sotto (d) che le parti tutte dell'istrice contiene ma rotte; ed esamini l'istessità delle parti ch'io non mancherò di soddisfarla affatto, col mostrarle anche un'intero e ben conservato Istrice petrificato (a) che la fortuna mi fe capitare, per assicurarla che non m'ingannava allora che stimava tale dover'essere infallibilmente l'intero animale, con la guida della sola veduta d'un pezzetto di detto guscio impietrato, il quale due sole mammellette conteneva, come una volta le scrissi. Lo consideri per cortesia. Egli è un'Istrice, se pur crederà a' suoi occhi; e insiememente dia un'occhiata all'altro sasso (b) , ch'è di Malta ma non differente da' già mostrati di mare e delle nostre colline; e se dubitare non si deve che le colonnette disperse nel tufo, poco fa osservate, siano spine dal vicino guscio cascate, com'è anche quella che si vede A. della Fig. II, così non si doverebbe determinare altramente de' bastoncini inviatimi, detti volgarmente e vanamente di S. Paolo (c) , essendo manifestissime spine d'Istrice o maggiore di corpo o di spezie più terribile de' nostri. Degnissima osservazione, se comprendiamo l'impossibilità che vi concorre nel credere, che la Natura scherzi, or formando di sasso una parte del detto animale or due or più, e faccia nascere le spine proprie dell'animale disperse nella marga, e ne' macigni. E perché fare tante parole? L'insassito ha tante mammellette ed in conseguenza altrettante spine vi giuocarono sopra, quante quel di mare. Nella maniera medesima, e con l'ordine istesso con che si disuniscono le parti del guscio di quel di mare, corrotte già le ligature, disgiunse le sue l'impietrato, come si può osservare; oltre che dalle spine e da ogn'altra parte dell'uno, si riscontra una perfetta corrispondenza alle spine ed alla parte dell'altro. In una parola: il tutto al tutto è istessissimo non meno nel di fuori che nel di dentro; perciocché l'impietrato E. Fig. II della Tavola antecedente mostra la necessaria segnatura dall'uno de' capi in F. come anche nella Tavola XXII. si può osservare nella FIG. IV al segno G., ch'è guscio di mare; nel qual luogo una volta stette ligato il maestrevole ordigno della bocca dell'Istrice, che non differisce dal solito osservato comunemente ne gli altri Echini. Evidenza, non già conghiettura, che in un tempo gl'impietrati vivessero non solamente ma anche nel profondo del mare.

XI. Ci accorgeremo da ciò che sono per dire che, ogni qual volta prendiamo nella mira la verità, tutte le osservazioni concorrono a quella, come un'infinità di linee che ad un punto dirizzate si fermano. Noi vederemo squisitamente conservato, tra gli Echini semplici petrificati e quei di mare, l'ordine e la corrispondenza che si è osservata tra gl'Istrici di mare e gl'insassiti. Ogni corpo che noi troviamo ne' sassi troppo esattamente è istesso con l'animale di mare della sua spezie. Scorgiamolo ne gli Echini di mare ma di passaggio; conciosiaché dobbiamo più tosto fermarci nell'argomento d'una faccenda maggiore, che perdere il tempo nel mostrare ciò che ogn'uno da per se stesso potrà a suo bell'agio sperimentare; perciocché l'Echino di mare, posto nell'acqua dolce per qualche giorni, mostrerà la figura delle parti che il guscio tutto compongono con la stessa facilità che si è detto dell'istrice; onde sarà buon partito ch'io lasci questo alla libertà di chi vuol farne la diligenza, acciocché dopo possa paragonare le parti di quel mare e l'ordine della ligatura di esse con l'oppresso ed insassito Echino ch'io mostro (a) , che per me è troppo certa la cosa, avendone fatto più d'una volta l'esperienza. Ed in vero vuol dire il tutto, non che assai, che l'istrice di sasso all'Istrice di mare e l'Echino di pietra all'Echino di mare sì fittamente corrisponda nella figura, nelle parti ed in tutte le passioni. Dirò di più, che avendo purgato nell'acqua uno di questi Echini petrificati nel tufo tenero, raccolsi anche in fondo all'acqua le piccole spine cadutegli dal guscio. O Dio buono, e che maraviglia farà una tanta corrispondenza? Questi visse nel mare come gli altri. Voglio farle vedere anche più. Consideri per cortesia questo Spatago (b) che pur'egli è animale di mare profondo, il quale nella suddetta valle dello Sperone fu trovato, insieme con altre galanterie; egli è tale che m'ha obbligato ad andare in detto luogo per vedere e cavare delle cose, forse d'intera sua soddisfazione, conoscendo che quello è un terreno, che ha saputo mantenere i corpi quasi intatti. Per ora si compiaccia di ciò che posso e stia sicura, che "Facilius est movere quietum, quam quietare motum". Egli ha conservato le spine, se non tutte la maggior parte, ed ha portato parimente seco il merito d'essere addotto in testimonianza; onde possiamo, ritornando a gli Echini che nelle rocche veggiamo, accorgerci d'un grande argomento che conferma ciò che si potrà mai dire in prova della mia opinione.

Ho osservato, e fatto osservare nelle rocche a persone di gran giudicio, che secondo portò il caso, tutti gli Echini, o altro, furono schiacciati da un punto d'oppressione perpendicolarmente. Mi spiegherò; la mole che circonscrive l'Echino ha due centri, opposto l'uno all'altro; or dico: nell'accidente d'essermi abbattuto in qualche taglio di rocche ogni volta che più Echini m'ha rappresentato alla veduta il luogo, ho compreso che quell'Echino che si trovò giacere per fianco fu oppresso e scatenato dalle ligature in maniera che perdé la figura circolare; quello, che a perpendicolo l'un dell'altro centro sortì di rassettarsi, fu oppresso in maniera che mostra che il di sopra andò ad unirsi col di sotto, crepando ne' fianchi; e restarono gli altri, conforme posarono, variamente oppressi. L'ho disegnato, ma con accorciare gli spazij che tra di essi vi erano per la necessità di ridurli in un piccolo foglio (c) . E tanto basta per comprendere la forza della verità, la quale ci persuade che nel rasciugarsi il limo, la soprastante mole gravò ed oppresse perpendicolarmente, da A. in B., tutti i corpi che si trovarono dentro, secondo la loro casuale giacitura, restando distesi in parte i detti gusci a proporzione della quantità del loto che dentro si trovò racchiuso; perciocché egli servì in alcuni più e in altri meno di sostegno, come pure veggiamo con differenza impresso l'effetto dell'oppressione ne' detti corpi.

Tutto ciò, unito con le suddette evidenze, m'obbliga, per finirla, a credere che le Conchiglie, Echini, Istrici, Denti (che Glossopietre si dicono) Vertebre, Coralli, Pori, Granchi, Spatagi, Turbini e tant'altri innumerabili corpi, che alcuno ha giudicato essere generazione di puro sasso ed ischerzo di Natura, siano stati animali e corpi di quella spezie non solamente, ma corpi ed animali proprijssimi del mare, arrivati per qualche accidente fra terra insieme con la materia loro continente (che ora veggiamo rialzata in colline ed in monti, o di semplice rena o di marga, di tufo overo di sasso) la qual materia anche altronde giunse, come già provai; ma per inganno della dimoranza, molto antica per certo, vien stimata paesana, anzi ad un tempo col suolo esposta a' primieri e novelli raggi di Sole da coloro che non curano o non sono atti a fermarsi con l'occhio nella veridica storia che l'Onnipotente col fatto in ogni luogo chiaramente registrò e ci offerisce. Ella intanto non si scandalizzi di me, che ho trattato di faccende cotanto sollevate e difficili, schifando a bello studio le speculazioni ed attaccandomi ad arte alla sola osservazione delle cose; perché a dire il vero ho poca inchinazione al filosofare altamente; ed ho anche stimato che non v'abbisogni una grande sublimità d'intelletto de' discorsi che hanno per meta l'intenzione di scoprire la pura e semplice verità sotto gl'insegnamenti del senso; e se questi m'ha ingannato, a chi doveva io ricorrere?

"Quid maiore fide porro, quam sensus, haberi debet?"

Forse alle speculazioni altrui? No, perché queste allor saranno o vere o false, quando veranno approvate o riprovate da' sensi.

"Qui, nisi sint veri, ratio quoque falsa fit omnis".

Quindi s'avvalora la mia ragione e non riceve spavento dall'ignoranza di molte cose, purché ne sappia almeno una parte con certezza. Mi basterà di conoscere che i corpi oggetto della nostra disquisizione, ritrovati in Musorrima, nella Valle dello Sperone, anzi per tutta la Calabria, nelle Colline di Messina e per tutta l'Isola, ed in Malta, overo altrove, siano stati veri gusci o parti o forme prodotte da' veri animali che un tempo vissero nel mare, per la relazione manifesta dell'essere loro, e delle circostanze del luogo, in cui al giorno d'oggi li scorgiamo. Che se altri vorrà ciò trascurare, per andar cercando se la Natura possa nel terreno generare figure sassee d'animali simili, anzi istessi a quelli che vivono nel mare; e nel mare cose solite a generarsi nella terra; e da una così vana opinione tirarne conchiusioni, a dispetto di tant'evidenze, che il tutto sia paesano e generato di sasso, lo faccia, lo creda, l'investighi: ma non costringa anche me ad affermarlo prima di farmi chiaramente intendere, e con buone ragioni e con dimostrazioni uguali all'altre che il niegano, la generazione di simili cose ne' sassi e fra terra, ed il modo ancora con cui la Natura il faccia, il che certamente è difficile; perch'essa, appo Plutarco, sotto le sembianze d'Iside si dichiara: "Ego sum omne, quod extitit, est, et erit; meumque peplum nemo adhuc mortalium detexit" . E quel ch'è meglio parla per tutti.

Noi abbiamo, come più volte ho detto, la conoscenza limitata e dobbiamo contentarci di raffigurare i frantumi sopradetti per porzioni d'animali di mare, avendone sotto gli occhi vivo l'esempio. "Simile enim simili noscitur: quia omnis notio rei notae est similitudo" . Ed intorno al vederli fra terra, dobbiamo riceverne i riscontri dalla composizione del luogo ed affermarne la cagione con la maggiore probabilità che sia possibile. Così almeno potremmo vantare la cognizione di qualche cosa; perché in ogni altra maniera saremo costretti a confessare di non sapere ne anche ciò che può darci ad intendere il più fedele di tutti i sensi; il che è troppo. Perciò la supplico con umiltà a non volere pretendere nell'avvenire da me che le assegni; se la tal cosa si possa fare dalla Natura o no; e potendo farsi, se l'abbia fatto o no, e per quale strada; perché io mi protesto di non saperlo e di non essere atto ad andarlo investigando, per ragione che non lascerò in conto alcuno di desiderare che la notizia delle cose che lo patiscono mi fosse porta per la via de gli occhi, non già per quella degli orecchi, nell'intelletto. A dirla, le sottigliezze m'offendono l'immaginazione e tormentose mi riescono; ed essendomi applicato allo studio per isfogare il genio e non per farne professione, ho risoluto operar da cacciatore, ma di quei comodi; cioè, io abbandonerò la curiosità di sapere le cose naturali e lascerò il diletto e la briga ad altri ogni qual volta l'oggetto, o la materia, che verrà proposta, sarà tanto lontana che non le si possa fermare sopra agiatamente il senso ed averla sotto la mira. Questo è l'umor mio, ella gentilmente lo compatisca, almeno per l'ampio privilegio che godo come Pittore, non contrastato da alcuno a' giorni nostri, il quale non è differente da quello de' Poeti.

La supplico in oltre a credere nel resto ch'io sia di genio inimicissimo delle contese, altrettanto però innamorato di ciò che mi sembra pura verità. Certamente averei voluto acquetarmi alla sua opinione, per non inquietarla, se stimato non avessi di tradire, così facendo, l'altra parte che merita maggior cultura; onde risolsi di spiegare il mio parere alla libera, secondo i dettami del mio grosso e goffo spirito, per non offendere una tanto gran Dama qual si è la Verità, che, superando tutte l'altre in grado di bellezza, merita d'essere anteposta ad ogn'altra convenienza. Pensi pure il mio riverito Signore che ciò sia stato il vero motivo di questa qual si sia replica; che se altramente avessi concepito nell'animo (Giuro iddio), mi sarei vergognato d'oppormi a' suoi amorevoli avvertimenti ed averei confessato l'equivoco, se non per altro, per adornarmi d'un bel tratto virtuoso; perciocché (come scrive Quintiliano, avvertito dal sempre soavissimo Plutarco) non è già di vergogna ma di sommo onore, non che a me ma anche ad huomini grandissimi, la confessione de' proprij errori. "Hippocrates – egli scrive – clarus arte Medicinae videtur honestissime fecisse, quod quosdam errores suos, ne posteri errarent, confessus est". Anzi, per interesse comune deve servire d'esempio l'ingenuità d'un Letterato sì celebre.

Devo per ultimo soggiugnere ch'ella ha l'obbligo d'aiutarmi nell'intrigo nel quale mi trovo per sua cagione; perciocché maneggiando molti e molti corpi di mare per lo desiderio di soddisfarla, sono entrato in qualche speranza di potere rintracciare una certa tal cosa di buono. E chi sa che a me non accada d'imbattermi nella conoscenza d'una più recondita verità per la via che credeva stabilirne un'altra affatto diversa? Io sto tuttavia faticando e la priego a voler considerare tutto ciò che sono per dire, che sarà buona parte de' motivi sopra di cui ho fatto le mie osservazioni, e me ne dia dopo il suo schietto sentimento; ch'io continuerò il travaglio con più quiete, se da V. S. mi verrà dato animo e se l'altre osservazioni, che spero tirare avanti, non s'opporranno alle speranze che le prime m'hanno porto. Stimi però di certo che sto affatto libero, e non affezionato, più che tanto; e creda che mi riuscirà altresì gustoso il ributtare come equivoco quel che ho concepito, quanto lo affermarlo e riceverlo per bello e per buono.

Le piccole pietre, dette di S. Margherita, hanno avuto, per finirla, forza bastante a disviarmi e farmi mettere da banda il molto attratto, che apparecchiato aveva per osservare le maniere con che principia e vegeta il Corallo, che pure mi riusciva graziosissimo trattenimento, e tale, ch'era stato da me scelto per intermezzo della fatica geniale delle Medaglie. Dico dunque che la composizione delle dette pietre m'ha dato motivo di dubitare ch'elle siano altro che pietre semplicemente; conciosiaché veggo in esse inserita una tal fattura e corrispondenza, anzi il ritratto dell'animale che la porta alla bocca del guscio, quasi suggello, che mi mostra lecito crederle più tosto uova, overo animaletti abbreviati e non maturi, che altro. S'egli farà così, farà strada, a mio parere, di poter determinare l'istesso anche di molti opercoli, e forse devono concorrere sotto il medesimo giudicio le vaghissime perle. Per ora mi trattengo attorno a queste, le quali da molti sono raccolte per non so che virtù di conferire alle infermità degli occhi; ed ho principiato così alla rinfusa a mettere insieme altre osservazioni, le quali anderò maturando pian piano. E per darle notizia dello embrione che ho concepito, metterò qui sotto alcuni de' Capi, sopra de' quali sono andato, ed anderò tessendo la mia, non so ancora se mi debba dire Storia; eglino sono i seguenti.

I. Ho osservato che gli opercoli de' Turbinati variano di sostanza e di figura, secondo la sostanza e la figura de' gusci de gli animali che li generano.

II. Di quei Turbinati, il guscio de' quali è sfoglioso, è composto di molte tuniche; composto di molte tuniche sarà anche l'opercolo. Ma di quegli altri, che marmoreo e denso tengono il guscio, marmoreo e denso sarà l'opercolo.

III. Nell'inverno e quasi buona parte della Primavera, non si pescano i suddetti Turbinati; perticolarmente quei che hanno l'opercolo detto pietra di S. Margherita.

IV. Non in qualsivoglia tempo l'opercolo de' predetti Turbinati s'osserverà della medesima grossezza; perciocché in un certo tal tempo determinato egli sarà sottilissimo, ma in un'altro più ingrossato e smoderatamente cresciuto.

V. Quelli opercoli che ributtati sono dal mare nell'Ottobre, si scorgeranno per lo più gonfi e fermentati; mi vaglio di questa voce, fermentati, per avere spesso spesso veduto ch'eglino giunti ad una tale grossezza non solo perdono un certo lucido ma anche il colore, quasi uova covate.

VI. Le dette pietre, nell'aumento che ho cennato, non s'avanzano per larghezza ma divincolano i giri per altezza, come per necessità devono crescere per istabilire il vero disegno dell'animale che prima, quasi di basso rilievo, mostrano perfettamente.

VII. Ingrossati i detti opercoli, non solamente s'accostano più e più alla figura, ma anche al colore del guscio dell'animale.

VIII. Ne gli opercoli de gli animaletti piccoli della stessa spezie, che pure sono piccolissimi, cade la medesima osservazione che ne gli altri; e ne ho veduto di quelli piccoli d'un medesimo giro in grandezza, piani, alquanto ingrossati e grossi.

IX. Non si troverà animale in tempo alcuno, con l'opercolo che intendo di maggior grandezza; perciocché giunto ad un tal segno, cede il luogo ad un'altro che se ne genera.

X. Il disegno, cioè quella linea spirale esteriore de' detti opercoli, rappresentante l'animale, non è mera pittura estrinseca ma penetrante il corpo, dentro del quale si raccoglie e si dilata in giro, secondo la necessità d'una linea che deve in quel solido prescrivere e descrivere l'animale.

XI. La detta linea spirale e di fuori e di dentro s'involge, e si raggira con tanti circoli con quanti l'animale il proprio guscio determina.

XII. Rotti molti opercoli, ho scorto, con l'aiuto dell'occhialino, varia sostanza abbracciata da' giri che sono di diversa; che per me una sarà per apparecchio della carne, l'altra appartenente al guscio.

XIII. M'ha mostrato qualche speranza di buon successo nel proseguire questa fatica l'avere inteso ultimamente dalla bocca dell'Eccell. Signor Dottore Carlo Fracassati, Lettore primario di questo Pubblico, huomo di somma erudizione e letteratura, che la linea spirale sia stata osservata da lui per necessario principio nella generazione delle uova de' polli, formandosi da essa linea spirale in quel principio dell'animale un raggroppamento dell'istesso che da' principij del grande, e famosissimo Arveo, nel suo libro della Generazione de gli animali, viene detto galba; osservazione degna di Letterato sì celebre; il che a me, come dissi, mostra buon lume.

Questi sono alcuni de' molti Capi, sopra de' quali vo faticando. Ella intanto, o compatisca le mie chimere, e da buon amico me ne avvertisca con libertà; overo mi dia coraggio co' suoi spessi ed amorevoli aiuti, che ne resterò a V. S. infinitamente obbligato; e mentre con umiltà la riverisco, mi protesto

di V. S. M. Illust. ed Eccell.

Divotiss. Servidore

A. S.